ぷかぷか天国

小川 糸

幻冬舎文庫

ぷかぷか天国

目次

本文イラスト　芳野
本文デザイン　児玉明子

一陽来復

1月8日

母に癌が見つかったのは、一年ほど前だった。その時、父も軽い認知症になっていた。両親がとてつもなく大きな問題を抱えていたので、それまで数年間、私はほとんど連絡をとっていなかった。

本当に苦しかったけれど、そうせざるをえない状況だった。

両親も、なんとか自分たちの力でやっていた。けれど、癌と認知症で、その暮らしを維持するのが困難になった。

母は、子どもに暴力をふるう人だった。

私はつい最近まで、母親に追いかけられる夢、というのを見てはうなされていた。

子どもの頃、母は私を追いかけて、追い詰めて手をあげた。

その時の恐怖が、体と心の深いところに刻まれてしまって、拭い去ることができない。

悲しいのは、そんなことをされても、子どもは親が好きだということ。

暴力をふるわれるのは、自分が悪いからだと思っていた。

小学校の時、毎日日記を書いて学校に持っていき、それを先生が読んでコメントをくれた。

でも、「今日もおかあさんにたたかれました」なんて書けるわけがない。

何も書くことができないから、私は、日常の出来事ではなく、物語や詩を書いたりした。

それを読んで、思いの外《ほか》先生がほめてくれた。

家の中にキラキラした物語がなかったから、私は自分でそれを作るしかなかった。

それが私の、「書く」原点になっている。

母とは、本当にいろいろあった。

多くの面で、私にとっての反面教師だったが、その点では、とてもいい「先生」だったと思う。

母から学んだことはたくさんある。

もっと、普通にお茶を飲んだり、買い物に行ったり、旅行に行ったりしたかったなぁ、とは思うけれど、これは私が神さまから与えられた宿命だと思っている。

母が癌になって、体が弱って、気持ちも弱くなって、ようやく私は母を愛しいと思えるようになった。

死ぬのが怖い、と言い、私に助けを求めてくる。

途中から、私は気持ちを切り替えて、自分がこの人の親なのだと思うようになった。

そうしたら、気持ちの面でのわだかまりがスーッと溶けて楽になった。

母と娘が逆だったら、もしかするとうまくいったのかもしれない。

私は、命に限りがあることに、感謝している。

不老不死なんて、まっぴらごめんだ。

もちろん、愛する人と別れるのは辛《つら》いことだけれど。

私の場合は、母に癌が見つかったおかげで、最後、ギリギリだけれど、人並みに母の死を悲しめるようになった。

昨日、棺桶に釘を打つ時、私は石で、思いっきり叩いた。

そして火葬を待つ間、喫茶店に行った。

そこは、母の日や母の誕生日に、よく私がお小遣いで母にケーキをご馳走した店だった。

店ができて、33年経つとのこと。

10歳の私は、母のことが好きだったんだなぁ。母を喜ばせようと、一生懸命だったんだなあ。

そのことに気づいた時、私はとても悲しくなった。

でも、最後の最後、母に、「おかあさんの人生は幸せだった？」と尋ねたら、病床の母がにっこりと笑ってくれた。

私は、そのことに今、すごくすごく救われている。

喫茶店でワッフルとミルクティーをいただき、斎場に戻ると、母は骨だけになっていた。骨を拾いながら、これでもう、怒鳴られたり罵られたり泣きつかれたりしないのだな、と思った。

死にゆく後ろ姿をちゃんと見せてくれた母に、心から感謝している。

そして、波乱万丈の人生、おつかれさまでした、と伝えたい。

私の、新しい人生が始まったのかもしれない。

母もきっと、苦しみから解き放たれて笑っていることだろう。

もしも母が生まれ変わって、また私と会うことがあれば、今度はお互い、お手柔らかにいきたい。

一陽来復。

年末年始の富士山、きれいだったなぁ。

ちいさなとりよ　1月10日

朝、きれいな青空。『ちいさなとりよ』を読む。

クリスマスに担当の編集者さんからプレゼントしてもらった、『ちいさなとりよ』は、1978年の11月に岩波書店から出版された絵本だ。

文章を書いたのは、M・W・ブラウンで、絵は、R・シャーリップ、訳したのは、与田準一。

とても薄い絵本で、あっという間に読めてしまう。

内容は、子どもたちが死んだ鳥を見つけて、それを地面に穴を掘って埋めるというもの。

子どもたちなりの、お弔いが描かれている。

この本をプレゼントされたのが、ちょうど母親の最期の頃だったので、私は最初に読んだ時、いきなり自分が「子どもたち」になり、母が「とり」になって、涙が止まらなくなってしまった。

もしあのタイミングで出会っていなかったら、私にとってこの絵本は、単なる絵本で終わっていたと思う。

でも今は、朝起きた時や、ちょっとした時にこの絵本をめくることが、私なりの母への供養になった。

お経をあげたり、お線香をあげたりするようなものだと思っている。

本当は早く忘れるべき記憶なのだろうけど、この絵本を読むようになってから、また思い出してしまった記憶がある。

子どもの頃、家で鳥を飼っていた。オカメインコやセキセイインコなど、多い時は5、6羽いたように思う。

ある時、そのうちの1羽が落鳥した。

朝、それを見つけて母親に話すと、仕事に行く途中に動物のお墓があるから、そこに埋めてきてあげる、と言われた。

それで、私はその鳥のなきがらを母に託したのだった。

ところが、夕方、学校から帰って、ふだんはあまり開けることのない外のゴミ箱を見たら、その死んだ鳥が紙袋に入れられて捨てられていた。

自分のためにも母のためにも、早く忘れたいのに、逆に記憶が鮮明になってしまって、困っている。

いつかは、母が私を産んでくれた、そのことだけに感謝できる人になりたい。

『ちいさなとりよ』の結びは、こうなっている。


「こどもたちは　とりの　ことを　わすれてしまうまで、まいにち　もりへ　いって　きれいな　はなを　かざり、うたを　うたいました。」


「とりの　ことを　わすれてしまうまで」というのが、優しくて、いいなぁと思った。

永遠に、ではなく、忘れてしまうまで。しかも、忘れる、ではなく、忘れてしまう、まで。

忘れてしまってもいいのだと、忘れることを許してくれていることに、救われた。

そういえば、私の記憶の中で、山形の冬の空はいつもどんよりとした曇り空だった。

重たい雲がたれこめていて、どんよりしていて、冬は、鬱々とした気分になっていた。

でも、この冬帰省した時、冬なのに青空だった。

本当にびっくりした。

今年が特別そうなのか、それとも、私がいた頃も本当は青空がのぞいていたのか、今となっては確かめようがないけれど。
もしかすると、ゴミ箱に鳥事件も、私の記憶違いかもしれない。
そうであったら、嬉しい。

新年会　1月14日

気がつけば、まだ鏡開きもしていなかった。

冷蔵庫からは、年末に私が慌てて作った白菜漬けがそのままになって出てきたし、取り寄せていた昆布巻きも、昨日ようやく食べた。

お正月用に飾った蠟梅《ろうばい》はあっという間に咲いて、今はもう枯れかけのが少し残るだけ。

いろんなことがあったので、まだ頭がぼんやりしている。

昨日、久しぶりにゆりねの散歩ついでに商店街で買い物をした。

こんな気持ちで買い物をしたのは、とても久しぶりのような気がする。

お肉屋さんでお金を払う時、お財布の中身をひっくり返して、5円玉が側溝に落ちてしまったのだけど、お店の人が、「後で拾っておきますから」と言って、おつりに5円を足してくれた。
八百屋のおじさんは、私がゆりね（野菜）を二つ買ったのに、一つ分しかお勘定に入っていないことに気づいて指摘したら、私の足元にいるゆりね（犬）を見て、ニコニコ笑っていた。
こういう、なんでもない日常が、本当にありがたいと思う。
今日は、オカズ家と新年会だ。
そらまめ（犬）も来る。
それで、午後はひたすら料理を作っている。
今日のメニューは、こんな感じ。
レンコンと干し柿のなます
冬野菜（人参、かぶ、ゆりね）のスープ
お揚げと生揚げの姉妹煮
コロッケ
ゆりねのニョッキ
デザートは、みかんと、マドレーヌ
私は、料理を作るのが大好きだし、おもてなしをするのも大好きなのに、結局、母親にきちんと料理を作って食べさせたことは一度もなかった。

部分的にお菓子やおかずを作って送ったりはしたことがあるけれど。

一度でもいいから、ちゃんと料理を作ってもてなしたかった。

だから、今日の料理は、もし母に食べさせるとしたら、というのをイメージして考えた。

どれも、自分にとっては目をつぶってでも作れるくらい、馴染《なじ》んだものだ。

冬野菜のスープが、とてもきれいに仕上がったのが、嬉しい。


人参を、丸ごと一本使っているから、こんな優しい色になったのだろう。

ゆりねだけで作ると、ちょっともったりとして甘すぎるスープになるけれど、隠し味程度に入れると、味がふんわりと柔らかくなる。

かぶは、昨日八百屋さんで、あまりにもプリプリしていておいしそうなので、思わず買ってしまったものだ。

多分、今日の料理は、どれも絶対においしい。

こういう時って、結果を見なくても、その途中でだいたいわかってしまうものだ。

それにしても、大丈夫だろうか、トランプ大統領。

この間記者会見の様子を見ていて、本当に気分がどんよりしてしまった。

今までだって辛かったのに、この上更に経済が優先されて、すべてがビジネスになっていくのが、とても怖い。

経済効果のためだったら、戦争もいいんじゃないですか？　ということになりかねない。

日本の経済界のえらーい人たちが、鼻の下をのばして、「トランプ効果に期待」とか平然と言っている姿にも愕《ぶ》然とする。

人が、人としての分をわきまえ、人らしく朗らかに生きていけたら、それでいいのではないかと思うけれど。

２０１７年が、平和な年となりますように。

今年こそは！　1月16日

新年会、無事に終了。

おいしく、楽しく、ほがらかな時間となった。

その時、ひではるさんに、もう一度、だし巻き卵の実演会をお願いした。

以前もうちで作る様子を見せていただいたのだけど、一回ではコツがつかめず、上手に焼けなかった。

実は、卵焼きが一番苦手。

どうしても、イメージ通りの卵焼きにならない。

それで、もう一度、今度はちゃんと映像に残そうと思って、リクエストしたのだ。

まずは、見本を見せていただく。

続いて、私が実際に先生の前で作ってみる。

なかなか上手にできて、にんまり。

でも、隣に先生がいて、つきっきりで教えてもらえたので、できた可能性が高い。

とにかく卵焼きは慣れだから、体が覚えるまで、繰り返し作るしかない。

ということで、今夜もわが家の夕食はだし巻き卵だ。

母親が作ってくれた料理で、一番思い出すのが卵焼きだ。

ほぼ毎日、お弁当に入っていた。

甘くて、ふんわりして、冷めてもおいしかった。たまに、玉ねぎのみじん切りなんかも入っていたっけ。

大人になってから、どんなに真似して作ろうとしても、母親の卵焼きにはかなわない。

母はそんなに料理が得意ではなかったけれど、卵焼きは本当に上手だった。

いつかきちんと作り方を教えてほしかったのに、結局それを聞かないうちに亡くなってしまった。

２０１４年の日記のゲラを読んでいたら、その時も、お正月の目標かなんかに、卵焼きが上手に作れるようになりたい、と書いてあった。

ということで、今年こそは！　と意気込んでいる。

コロッケはうまくできたけど、ゆりねのニョッキは、いまいちだった。

多分、ゆりね自体が違うのだ。

去年送ってもらったのは、ニセコ産の本当に極上のゆりねだったのだろう。

同じように作ったはずなのに、去年の宇宙まで飛んでいきそうなほどの感動は、残念ながら味わえなかった。

まぁ、普通においしかったけど。

新年会の後からそらまめを預かっているので、今、うちには犬が2匹いる。

そらまめはもう14歳になるのだけど、なかなか元気だ。

おばあちゃんと孫を見ているようで、微笑ましい。

犬が2匹いるって、幸せだなぁ。

リセット中　1月21日

『つるかめ助産院』の取材で出産について調べていた時、女性は子どもを産むことで体がリセットされる、というようなことを何度か目にした。

実際に出産経験のある知り合いも、同じようなことを口にしていた。

それまで体にあった病気とかの悪いものが子どもに行くので、出産することで、母親の体が元気になる、という意味だった。

でも、母親はそれで体がリセットされるけれど、それを引き渡された子どもの方はどうなるんだろう、とずっと思っていた。

そのカラクリが、最近、ようやくわかった気がする。

母親から受け継いだ負のものは、母親が亡くなる時に、解消されるのかもしれない。

私はずっと、母親と子どもは、へその緒が切れた瞬間から、別々の人生を歩むものだと思っていた。

確かにそういう面はある。

でも、実際のへその緒が切れた後も、実は透明な見えないへその緒でつながっていて、それがようやく切れるのが、母親が死亡する時なんじゃないかと思うのだ。

もちろん、すべて私の感覚だけど。

結果的に母親と最期のお別れをして病院を出た後、私は急に喉の調子がおかしくなった。

そして、新幹線に乗るため駅に行った時、むしょうにアイスクリームが食べたくて食べたくて仕方がなくなった。

私が食べたいというより、私の体ががむしゃらに欲しているという感じだった。

それで、駅の売店でラフランスのアイスクリームを買った。普段なら、絶対に買わないタイプのアイスだ。

結局、買ったもののどうしても味がおいしくなくて、食べられなかったのだけど。

私ではなく、きっと母が欲していたのではないかと思うのだ。その時、母親はそうとう喉が渇いていたのではないだろうか。

その思いは、確信に近い。

あの感覚は多分、つわりに似ているんじゃないかな。

妊婦さんもよく、普段は絶対に食べないようなものが、急に食べたくなって衝動を抑えられなくなるという。

あの時の私もそうだった。

人が「産む」時と「死ぬ」時というのは、通常では考えられないような力が発揮されて、非日常的なことが起こるような気がする。

母親の死の前後にも、いくつか、ふしぎなことがあった。

母親の死を境に、私は自分が今、人生最大のデトックスをしているように思えてならない。目に見えるもの、見えないもの、体の外にあるもの、中にあるもの。

とにかく、自分にとって必要かどうかがとても明瞭に見えて、いらないと思うものは潔く手放せるのだ。

自分の中に最後までこびりついていた毒気が、母親の死によって、すーっと抜けていくのを感じている。

透明なへその緒が完全に切れて、自分がふわふわと空を漂っている、そんなイメージだ。

もちろん、親を亡くすというのは悲しいことではあるけれど、人生をリセットする好機なのかもしれない。

私はそう思っている。

母親が亡くなって数日後、私にとってはとってても嬉しいお知らせが届いた。

『ツバキ文具店』が、２０１７年の本屋大賞にノミネートされたのだ。

きゃーーーーー！！！

素直に喜んでいる自分がいる。

去年の暮れからいろんなことが起きて、時に向かい風でなぎ倒されそうになったり、時に追い風が吹いたり、今、ものすごく忙しい。

明らかに、人生の転換期を迎えている気がする。

書くことは、母親が私に与えてくれた最大のギフトだから、そのことを、これからも大切にしていきたいと、ノミネートの知らせを受けた時に改めて思った。

きっと、母も喜んでいるに違いない。

母親が亡くなってからの方が、私は母を、ずっと身近に感じている。

門松

1月25日

ちょっと前の話題になってしまうけど、お正月にがっかりしたことがある。

私が住んでいる集合住宅では、毎年、暮れになると立派な門松が置かれていた。

正面玄関と、奥のサブエントランスの2箇所に、合計4つの門松。

これを見ると、いつも、あー新しい年を迎えるのだなぁ、という気持ちが盛り上がって、とても清々《すがすが》しい気持ちになっていた。

ところが今年は、その門松がない。

その代わりに、ペロッとした門松の絵のポスターが貼られていた。

ものすごく味気なくて、これまで、いかに門松がお正月の凜々しさを感じさせてくれていたかを思い知った。

タクシーの運転手さんも、毎年、門松が置かれるのを楽しみにしていたようで、今年はな

くて残念がっていたという。

どうやら、住民の中に反対する人がいて、それで廃止になったらしいのだ。

しかも、その廃止の理由を聞いて、びっくりする。

私はてっきり、金銭的なものかと思ったらそうでもないらしく、「門松を置くならクリスマスツリーを置いてほしい」とか、「宗教を押し付けないで」とか、なんていうか、滅茶苦茶な言い分なのである。

戸数が多い分、意見をまとめるのも大変なのだろう。

私としては、1世帯あたりほんの数百円の負担で、気持ちよく新年を迎えられるのだから、門松を置く風習は続けてほしいのだけど。

いろんな人がいるんだなぁ。

そう思っていたら、世間では、除夜の鐘や火の用心の声がうるさいとして、苦情を言う人がいるとのこと。

そんな、年がら年中やっているわけではないのだし、除夜の鐘も火の用心も、昔からある日本の習慣として、とてもいいと思うけどなぁ。

保育園や幼稚園の騒音問題に関しては賛否両論あるだろうけど、除夜の鐘と火の用心は、それとはちょっと違うんじゃないの？　と思うけど、私がズレているのかしら。

なんだかなー。

門松や除夜の鐘や火の用心は、日本の美しい伝統文化のはずなのに、そういうのを排除してしまったら、日本らしさがどんどんなくなって、薄っぺらい国になってしまう。

なんだかなーは、世界の貧富の差も然《しか》りだ。

世界でもっとも裕福な上位8人の資産が、下から半分、約36億人の資産の合計と一緒って、明らかに間違っている。

だったら、上位8人のお金を、世界中の下から半分の人たちに配ればいいんじゃないの？と思うけど。

だって、桁外れのお金を一人が所有していたって、使いきれないし、お金を天国に持っていくこともできない。

どんなにお金を持っていても、食べ物がなければ、お金を口に含んで飢えをしのぐこともできない。

自分が死んだ時、お金を燃やして火葬しようとでも企んでいるのだろうか。

仮に上限を一兆円とかにして、それ以上の額は個人では所有できないようにするとか、何か方法はないのだろうか？

一兆円といったって、莫大な額だ。

一人でそんなに懐にお金を貯めこんで、どうしようというのだろう。

昨日は、久しぶりにロールキャベツを作った。

ペンギンが、恨めしそうに、「最近、ロールキャベツ、食べてないね……」と言うので。

そして今日は、その残ったロールキャベツを粉々にして、トマトソースをまぜてスパゲティにする。

せっかく苦労して形作ったロールキャベツを崩すのは、もったいないようでもあり、でもちょっと快感だった。

来年は、また門松が復活するといいけどなぁ。

私は少数派だから、きっとこのままポスターで終わるのかなぁ。

怪奇現象?　1月31日

先日のこと。

午後になり、お昼寝ベッドでうとうとしていた時だった。

充電中だったルンバが、いきなり喋った。

「ユーレイ、エラーです!」

びーーーーっくりして、飛び起きた私。

ついに出たか、と身構えたものの、すぐに、「充電エラー」と聞き間違えたことに気づいた。

まさかルンバに、「幽霊エラー」という単語が設定してあるとも思えないけど、寝ぼけていたのですっかり本気にしてしまった。

ただ、ルンバは以前も、夜中に2度ほどいきなり掃除をし始めたことがあり、憑依《ひょうい》体質なのかもしれない。

聞き間違えで、ホッとした。

人が亡くなる時は、何かと普段は起こらないようなことが起こるものだ。

だから、私も内心、ちょっと楽しみにしていた。

でも、花びんが割れたり、ペンが浮かんだりするようなわかりやすい形での怪奇現象は起こらなかった。

あったことと言えば、母が亡くなる数日前、夜中にペンギンが、自分を呼ぶ母の声をはっきり聞いたこと。

これはなんとなくわかる気がする。

おばさんキラーのペンギンは、私の母からも好かれていて、いつもかわいがられていた。

だから、病床の母が苦しんでいる時、心の中で呼びかけた声が、なぜだかペンギンには届いたのかもしれない。

はっきりと、ちゃんと自分を呼んだというから、ペンギンの空耳ではないと思う。

もうひとつは、母の死から数日後、私が寝ている時、気がつくとおでこがとても温かくなっていた。

何か、じわじわとする暖かい空気を当てられている感じ。

自分の熱さではなくて、向こうから来る熱さだった。

「あー、今きっと母が来ている」と思った。全然、怖くはなかった。

身内の霊というのは、大概にしてそういうものだと思う。

ユーレイエラー事件のあった次の日だったか、その次の日。

朝、原稿書きをしていたら、ゆりねがいきなり吠えた。

ゆりねはまず、人にも犬にも吠えることがない。

しかも、寝ていたのに、いきなり玄関の方に向かって、普段聞いたこともないような声で吠えたのだ。

「お母さん、いるの？」

とっさに声をかけたものの、もちろん返事はない。

それまで、ずっと、母には声を出して話しかけていた。

でも、その時はなんとなく、母がお別れに来たような気がしてならなかった。

その日の午後、私はメールボックスの整理に勤《いそ》しんだ。

今の私のテーマは、「デトックス＆リセット」。

とにかくこのタイミングで、人生を軽くしようと思っている。

メールボックスも、ずいぶんフォルダーやら何やらが増えてしまったので、重い腰をあげ、整理整頓しようと思い立ったのだ。

そして、ずいぶん開けていなかった「たからもの」のフォルダーを開けたら、なんと10年ほど前に母から送られたメールがたくさん出て来た。

数えると、100通くらいある。

そんなメールを、そんな場所にしまっていたこと自体、忘れていた。

しかも、メールはまるで初めて読むような感じだった。

多分、自分の暮らしや雑事に追われて、しっかり目を通していなかったのだと思う。

けれど、メールの送り主である母はとても精神が安定していて、私が思い描いていた母とは全然違う人だった。

10年前は、こんなに穏やかな母がいたことに新鮮な驚きを覚え、その優しさに気づけなかった自分に悔やまれた。

もしかすると母は、あの朝、「こんなにいい関係の時もあったんだから、ちゃんと思い出してよ」と伝えに来たのかもしれない。

その後のあまりにも大変だったことの方が印象に残ってしまい、その前の母のことなどすっかり忘れていた。

あのメールを、ちゃんと「たからもの」のフォルダーに入れていた10年前の自分を褒めてあげたい。

多分、母はもう、私の周りにはいないような気がする。

私にとっては、怒濤《どとう》のような一月《ひとつき》だった。

今、私が一番したいことは、豆まきだ。思いっきり声を出して、「鬼は外！　福は内！」と叫びながら、バンバン豆をばら撒きたい。

でも、煎り大豆はゆりねの大好物なので、豆まきをしたら、ゆりねが際限なく豆を食べてしまう。

子どもの頃は毎年豆まきをしていたけれど、そういえば、ペンギンと暮らしてから、一度も豆まきをしていない。

いつか、豆まきもやらなくなってしまうのだろうか。

外国の人から見たら、かなり面白い風習だと思うけど。


さっき、おやつがなくなったので、あまからナッツを作った。

生のナッツとメープルシロップがあれば、簡単にできる。

今回は、アーモンドとカシューナッツとクルミとピーカンナッツ。

カリッとして、いい塩梅《あんばい》の仕上がりだ。

ツキノワグマとドナルドトランピ　2月2日

録画していたツキノワグマに関するテレビ番組を見たら、面白かった。

ツキノワグマのメスは、巣穴にこもって冬眠する間に、子どもを出産するという。

そして、春先になると、まだ生まれて間もない子熊と共に、巣穴の外に顔を出す。

ぺたんと座って、子熊にお乳をあげたり遊び相手になったり。見ているだけで、微笑ましい。

けれど、子熊たちには危険がたくさんある。

中でも、もっとも危険なのは、（父親ではない）オスのツキノワグマに命を狙われること。子殺しだという。

その理由というのが、聞いてびっくりした。

子どもを抱えたメスは、お乳をあげたりするため、その期間は発情しない。

だからオスは、狙いを定めたメスと交尾をし、自分の子孫を残すために、メスの子どもの命を奪ってしまうのだとか。

番組で取り上げられていたメス熊は、2年連続で子どもの命をツキノワグマのオスに奪われてしまった。

その母熊の気持ちを慮《おもんぱか》ると、いたたまれなくなってしまう。

何のために、子どもを産み、育てるのだろう。

同じ現象を人間に当てはめると、ものすごいことだとわかる。

昔々は、人間にもそういう本能があったのだろうか？

それを人は、良心を少しずつ少しずつ積み重ねて、動物ではない、理性のある生き物にようやくなれたのかもしれない。

自由とか平等も、それは人間ががんばってがんばって培ってきたもの。

それを、ぶち壊しているのが今のアメリカの大統領だ。

やっていることと言動が、あまりに稚拙《ちせつ》で、情けなくなる。

一人の人間によって、世界中が負の世界に巻き込まれていくようで、本当におぞましい。

ニュースを見るたび、おえっとなる。

そんなことを思って日々鬱々としていたら、今日の新聞にこんな記事が出ていた。

アメリカのカリフォルニア州で見つかった新種のガに、カナダの学者が、「ネオパルパ・ドナルドトランピ」と名付けたとのこと。

あの、大統領のフサフサした金髪とガの体毛（？）が、似ているのだとか。

確かに、並んでいるふたつの写真は、そっくりで笑ってしまう。

だって、ガですよ、ガ。

まぁ、そんな名前をつけられちゃったガも気の毒だけど。

お見事！

こういうことでもないと、嫌な気分が体の中で増殖してとんでもないことになる。

カナダの学者さんに、拍手だ。

それにしても、あんな大統領令で、本当にテロを防げると思っているのかな？

自国民を守れると思っているのかな？

私には、もっともっとテロの脅威が高まるように思えてならないけれど。

そして、あの大統領令に対して、アメリカ国民のほぼ半数が支持しているという調査結果にも、びっくりだ。

子どもが親を選べないように、生まれる国も選ぶことができない。

誰もが、なりたくて難民になるわけではないのに。

もしかしたら、自分がそうだったかもしれないとは、思わないのだろうか。
このままでは、人としての歯止めがきかなくなる。
せっかく努力を重ねて人として積み重ねてきたものが、台無しになる。
とてもとても悲しいことだ。
明日の節分に向けて、ドナルドトランピのお面でも作ろうかしら？

海日和

2月7日

今、海まで歩いて1、2分のところにいる。

前回は山の方だったので、今回は海の方で、なんちゃって鎌倉暮らしだ。

海と山、両方があるなんて、鎌倉はなんて贅沢《ぜいたく》な町なんだろう。

気のせいかもしれないけれど、海の方と山の方では、やっぱり空の色が違うように感じる。

海のそばは、決して海が見えなくても、海が近いですよー、と教えてくれるような、そんなイメージだ。

夕方、海まで散歩に行ったら、こんなに寒いのに、サーファー達が波乗りに興じていた。

沖の方でぷかぷか浮かんで、いい波が来るのを待っている。

波は、えいやーっと気合いを入れて海苔巻きを巻く要領で、くるくる回りながら向かって来る。

その上で、サーファーが立ち上がってバランスをとる。

気持ちいいんだろうなぁ。

一回快感を覚えると、やめられなくなるのだろう。

いつか、私もサーフィンに夢中になったりするのかな、と思ったら、おかしかった。

でも、人生何が起こるかわからないから、絶対にない、なんて言い切れない。

絶対なんてないんだと、この歳になるとわかる。

そう、絶対はない。

絶対に正しい、とか、絶対に間違っている、とか。

だから、すごく難しい。

砂浜で学生服を着た男子生徒が、砂を詰めたバケツを逆さまにして、それがポコポコとたくさん無造作に並んでいるので、てっきり何かアート作品でも作っているのかと思ったら、彼らはただ階段や道路に飛び散った砂を、スコップでかき集めて再び砂浜に戻しているのだった。

偉いなぁ。

中学生の時、校門の前を雪かきするボランティア活動があったけれど、それに近い行為かもしれない。

その近くでは、決して子どもではない十代の若者たちが、男女一緒に、はないちもんめをして遊んでいた。

そして浜には、犬もたくさん来ていた。

今回ゆりねはペンギンと東京でお留守番なので、犬を見るたびに、寂しくなる。

鎌倉に来るたびに思うけれど、鎌倉の犬は幸せだ。

山の方はかなり詳しくなったけれど、海の方は初心者なので、まずは当てずっぽうに路地を歩き回った。

江ノ電のすぐ横に家が建っていて、人と犬と猫しか通れないような細い路地がたくさんある。

歩いているだけで、楽しくなる。

散歩を終えてもう一度海に出たら、空がすっかり桜色に染まっていた。

あー、きれい。

今度は夜、星を見に行ってみよう。

世間話　2月8日

今日は、紀ノ国屋の駐車場の前にできた新しい方のOXYMORONでカレーを食べる。

窓際のカウンター席に座って食後のコーヒーを飲んでいたら、隣の席に、50代くらいかなぁ、いい雰囲気の女性が座った。

最初はただそれだけだったのだけど、途中でちょっとハプニングがあり、どうやら、女性が食べ始めたカレーと注文したカレーが違ったらしい。

女性は、もうこっちを食べ始めたからこのままでいいです、と言っているのだが、お店の方は、いや、もう作っているので、と押し問答が続いていた。

確かに、女性の前にびっくりするくらい早くカレーが出てきたので、私もおかしいなぁ、とは思っていたけど。

結局、お店の方の主張が通って、隣の女性は2種類のカレーを食べ比べることになった。

その押し問答が一段落した時、あまりにおかしかったので女性に話しかけたら、向こうも話しかけてきた。

どうやら女性は、私につられて店に入ってしまったとのこと。

「向こうから見てたら、とてもかっこよかったから、つい入っちゃったわよ」なんて言う。

今、私は上下クマみたいな格好をしている。だから、近くで見ればかっこいいなんてことはないのだけど、それでもなんだか嬉しかった。

それから少し、女性と世間話に花を咲かせた。

このちょっとした触れ合いが、鎌倉なのだ。

東京だったら、ほぼありえない。

そして、馴れ馴れしくしすぎないのもまた、鎌倉だ。

このサラッとした感じが、私はとてもいいなぁと思う。

ベルリンの人の感じとも似ている。

カレーを食べてから、私は山の方の探検へ。

途中から山道をテクテク歩く。

お天気がよくて、気持ちよかった。

足元がビルケンシュトックのスリッポンなので、転びそうで怖かったけど。

そして、あんな小さな山でも、誰かとすれ違うと、必ず「こんにちは」と挨拶《あいさつ》するのもまた、いいなぁと思った。

あの、挨拶をする、しないの境界線はどこにあるのだろう。

足元が土かアスファルトの違いだろうか。

山を下りてきたら、いきなりザザザッと音がするので身構えたら、リスだった。

その瞬間、ゆりねに会いたくなる。

よく見ると、リスにも似ているなぁ、なんて思いながら、リスに向かって、「こんにちは」と何度も声をかけていたら、リスが糞を落として別の木に行ってしまった。

あー、残念。

リスと、話がしたかったのに。

その足で、瑞泉寺《ずいせんじ》まで行った。

鎌倉にはお寺がたくさんあるけれど、瑞泉寺は、中でも好きなお寺さんだ。

ちょうど、梅や水仙やミツマタや椿が咲いていて、お花見をするのに最高だった。

前回は夏だったけど、もしかすると私は、冬の鎌倉の方が好きかもしれない。

そうそう、また「糸通信」の日記が文庫になりました！

今回のタイトルは、『犬とペンギンと私』。

久しぶりにペンギンがタイトルに戻ってきた。
ペンギン、ちょっと嬉しそう。
でも、やっぱり犬の方が先なんだね、と恨めしそうにつぶやいていた。

満月の夜に　2月12日

昨日は、久しぶりに晴れたので、大人の遠足と称して三崎《みさき》港へ行ってきた。

電車を乗り継ぎ、最後は三崎口駅からバスで三崎港へ。

どうせガラガラだろうと高をくくっていたら、昨日は祝日で、しかもお祭りでもしているのか、バスは渋滞に巻き込まれ、満員電車並みの混雑だった。

やっと着いて目指す食堂へ行くも、そこにも長蛇の列が。

でもせっかく行ったのだし、おいしいものが食べたいので、冷たい海風に吹かれながら、一人でひたすら待つ。

小一時間並んで、ようやく中へ入れてもらえた。

お魚屋さんもしているお店なので、気になる魚がいろいろある。

でもやっぱり三崎といえばマグロよね〜、と思って赤身のお刺身を注文したものの、それがそもそもの間違いだった。

案の定、お刺身がまだ凍っていた。

あー、なんでアジの干物とかサバの塩焼きにしなかったかな、と自分の選択をのろいつつ、ご飯の熱でお刺身を温めながら食べる。

ちゃんと解凍してあったらおいしい赤身だろうけど、中がまだ凍っているのでシャリシャリして味がよくわからない。

外で待つ間に思いっきり冷えていたのに、冷たいお刺身を食べてもっと冷える。

寒い、寒い、とぶるぶる震えながらお刺身を口に運んでいた。

三崎＝マグロ、とバカの一つ覚えに従って注文した自分がバカだった。

気をとりなおしてお目当てのカフェへ。

こっちは、素晴らしくよかった。

2階の席に座ると、窓から港が一望できる。

イチゴのタルトもカフェオレも、ちゃんとおいしい。

本を読んでいたら、あっという間に時間が過ぎて4時だった。

慌てて部屋に戻って温かい格好に着替え、再び外出。

昨日は、ちょうど満月だった。

茅ヶ崎《ちがさき》に、満月の夜だけ開くお店があって、そこにはお料理とお酒があり、焚き火を囲みながらお月見するという。

そこに、ノンノンのお店のスタッフさん達と一緒に連れて行ってもらえることになったのだ。

厚着をして行って大正解。

ラーメンと餃子で腹ごしらえしたら、ワインを片手に焚き火の方へ。

満月が、美しかった。

しかも、焚き火の周りはすごく温かい。

お月見するのに、最高だった。

時間が経つと、炎が落ち着き、地面の上で熾火《おきび》がキラキラ輝いている。

丸い形に作ってあるので、真っ赤なお月様のよう。

去年参加した、ラトビアの夏至祭を思い出した。

火って、なんで見ているだけでこんなに気持ちが落ち着くのだろう。

ほとんどのお客さんは自転車で来ていて、こういう場所が近所にあるなんて、羨ましくて仕方ない。

鎌倉には犬もペンギンもいないので、私はすっかり独身気分を満喫中だ。

桃の花

2月18日

鎌倉での一人暮らしを終え、東京へ。

昨日はコロも呼んだので、2人と2匹が勢揃いした。

ペンギンは、私がいなくて淋しかったらしい。

帰ってきてすぐに、お雛様を飾った。

うっかりすると出すのを忘れてしまう年もあるから、今年は満を持してという感じ。

やっぱり、自分のお雛様はいいなぁ。

夕方、一匹ずつ連れて散歩しながら、途中、花屋さんに寄って桃の花を買ってきた。

500円の割に、ずいぶん立派な枝が入っている。

今回も、ノンノンにいろんなところに連れて行ってもらった。

ノンノンとは、母と娘くらい歳が離れているけれど（実際、ノンノンの娘と私は同い年）、れっきとした友達だ。

これまでにノンノンを、母親のように感じたことは一度もない。お互いにいたわることはあっても、基本的には対等な関係だ。

私は、数は少ないけど、本当に素晴らしい友人に恵まれている。だから、トントンだなーといつも思う。

正直、血縁には恵まれなかったけれど、その分、血の繋がりではないところで、すごくすごく恵まれている。

もしも母親との確執がなかったら、私はこんなふうに作家になどなっていなかった。だから、確かに大変ではあったけれど、その元はちゃんととっている。

ノンノンと海沿いの道をドライブしながら、きっと母親も、本当は、こういう時間を私と持ちたかったのだろうなぁ、と思ったら、ちょっと泣きそうになってしまった。

今は、お互いに長い長い闘いを終え、相手の奮闘をたたえあっているような感じだ。

お正月がバタバタしてしまってさっぱり休めなかったので、私にとっては今がお正月のようなもの。

来週は、ノンノンと2泊3日で湯治《とうじ》に行く。

あー、温泉でゆっくりしたい。

そういえば、母親の最期の言葉は、「早く、旅行に行こう」だった。
母も、温泉が好きだったから。
母の分まで、温泉で体と心を休めてこよう。

卒園祝い

2月21日

ゆりねは、昨日で幼稚園を卒業した。

犬の幼稚園なんて、どうなんだろう？　と最初は半信半疑だったけど、ゆりねの場合は、幼稚園に行って大正解だった。

幼稚園というものの、まぁ、平たく言うとドッグスクールだ。

確か、5ヶ月くらいの頃から通い始めたので、今はもう2歳半を過ぎたから、約2年間、週1で通ったことになる。

行った初日は他の犬に圧倒されてしっぽが下がっていたけど、2回目からは楽しめるようになって、朝、園長先生がお迎えに来てくれると、本当にちぎれそうなほどしっぽをぶんぶん振って、大喜びして出かけて行った。

幼稚園に行く前と行ってからとでは、性格ががらりと変わったように思う。

ゆりねは、幼稚園に行ってから、ものすごく社交的になった。犬にも、人にも、常に心の扉が開かれている。

ゆりねを連れて散歩していると、他の犬に吠えてしまう犬が結構いる。

あと、挨拶の仕方がわからなかったり、遊び方を知らなかったりする犬もいる。

それは多分、もともとの性格もあるのかもしれないけれど、子犬の頃に社会性が身につかなかったから。

ゆりねにとっても、そして私にとっても、幼稚園は多くの学びの機会を与えてくれた。

毎回、連絡帳にその日の様子やトレーニングした内容などを細かく書き込み、写真や映像もくださるトレーナーさんには、心から感謝している。

この2年で、ゆりねは多くのことができるようになった。

それにしても、愛情に限界がないことを教えてくれたゆりねは、私にとってかけがえのない存在だ。

もう、好きで好きで好きでしょうがない。

毎日まいにち、私やペンギンに、喜びや幸せを与えてくれる。

幸福は、日々、更新される。

こんなにも自分が他者を愛せるんだ、ということに、私はぜんぜん気づいていなかった。

きっと、というか間違いなく、ゆりねが死んでしまったら、私はペットロスになる。

でも、それを回避するために愛情を制御することなんてできないから、こうなったらもう、それを覚悟の上で、体当たりで壁にぶつかるしかない。

人間の子どもは親から自立して手を離れていくけれど、ペットの場合は命が尽きるまでずーっと一緒だ。

15歳くらいになっても、飼い主さんとゆっくり散歩していたりする犬に会うと、私はつい、「えらいねー、長生きするんだよ」と声をかけてしまう。

ゆりねが、私のいる世界をぐーんと広げてくれた。

昨日は、卒園祝いということで、ハムステーキを焼いた。

ふだんはとても薄い状態で売られているおいしいハムがあるのだけど、ペンギンは、そのハムをどうしても厚いまま、ステーキにして食べたかったのだという。

まぁ、結論から言うと、薄く切ったハムの方がおいしいのではないかと思ったけど、それも、実際にやってみないとわからないから、ステーキはステーキでよかったのかもしれない。

サラダは、はっさくのグリーンサラダ。

このはっさくは、住んでいる集合住宅の中庭の植栽になった実だ。

自然とは切り離された環境だけど、ちゃんとはっさくの味がするんだから、えらいなぁ。

お祝いなので、平日だけど、ペンギンと白ワインをあけて乾杯。

ゆりねには、卒園祝いの干しあんずをプレゼントした。

めぐみ雨　3月3日

湯治はいいなぁ。

一日の予定に、お風呂に入る以外のことが何もないっていう、あの開放感がたまらない。

ひとりでもできるけれど、やっぱり、お風呂に入りながらちょこちょこっと話し相手がいる、というのがまたいいのだ。

2泊3日の湯治の間、私もノンノンも、食べる時と寝る時以外は、ほぼ裸で過ごした。

母とも、心の中でたくさん話せた。

母も、温泉が好きだったので、きっと近くに来ているような気がした。

最後、温泉に連れて行ってあげられなかったのは心から悔やまれるけれど、仕方がない。

自由となった身で、もうどこの温泉にでも行ってほしい。

帰る日の3日目は、雨だった。

でも雨の中で、ゆらゆらしながら露天風呂に入った。

それがまた、気持ちよかった。

いつも行っている湯治の宿は、食事がおいしいのでそれも楽しみのひとつだ。

養生食と銘打たれた晩ごはんは玄米菜食で、それが、とても丁寧に作られていて、しみじみおいしい。

朝は、魚と湯豆腐が出るのが定番で、その食事を続けていると、明らかに体が浄化されていくのを感じる。

お客さんの中には、5連泊したりする人もいて、実際にご病気をされた方などは、温泉に入って養生食を食べて、体が楽になったと喜んでいる。

あるご夫婦は、顔なじみの常連さんに、「また来月ね〜」と挨拶して帰っていった。

湯治のお仲間ができている。

面白いな、と思うのは、日本の文化になど全く興味がなさそうな若い子たちでも、連れ立って温泉に来ていることだ。

やっぱり、日本人のＤＮＡなのかなぁ。

反抗期真っ盛りのような中高生とか、付き合いはじめてまだ間もないように見える若いカップルとか、大学のサークル仲間とか、一見温泉になんて無縁に見える子たちが、日帰り湯にたくさんやって来る。

そしてみんな、とっても素直ないい表情を浮かべて、温泉に入っている。

今回は、外国人の姿も目立った。

グループやカップルでやって来て、ちゃんと日本の温泉文化を楽しんでいる。

基本的なルールさえ守ってくれたら、どこの国の人だって大歓迎だ。

日本人が大好きな温泉文化を、世界中の人に知ってもらえたら、とても嬉しい。

すっかりふにゃふにゃになって帰ってきたのだけど、帰ってきてすぐに、鼻がムズムズする。

最初にペンギンがグズグズしだして、「私はスギヒノキドリンクを飲んだもんねー」なんて安穏《あんのん》と構えていたら、2、3日遅れて、私も本格的に咳が止まらなくなった。

しかも、数時間ちょっと寒い所にいたら、体が芯から冷えて風邪を引いてしまい、風邪と花粉症のダブルパンチでこの一週間は大変なことになってしまった。

咳をするって、ものすごく体力を消耗する。

でも、本当に花粉だろうか。

なんていうか、すごーく小さい粒子が体の奥の方に入り込んで悪さをしている感じがする。

時々、肺の奥とかがきゅーっと痛くなる。

ＰＭなんとかだろうか。
怖いなぁ。
雨が降ると少し症状が和らぐので、雨が恋しい。

新たな一歩

3月19日

一週間前、ららちゃん一家が遊びに来た。

ららちゃんと会うのは、すごく久しぶり。ららちゃんに弟が生まれて、なかなか家族で遊びに来ることができなかったのだ。

ららちゃん、この春から小学6年生になる。

3月生まれのららちゃんは、今でも、クラスで一番背が小さいという。

でも、ついこの間まで120の服を着ていたのに、今は140だというし、外見よりも何よりも、中身がぐーんと成長していて驚いた。

子どもの頃からとても賢かったけれど、最近はより大人びて、会話をしてもしっかりとした受け答えをする。

こんなふうに一人の子の成長をそばで見ることができて、本当に幸せだ。

そして、まだ2歳のウー君（ららちゃんの弟）は、元気いっぱいだった。

普段、散歩で犬に会うと間違いなくゆりねが相手の犬を追いかけ回すのだけど、ウー君の場合は、ウー君がどこまでも追いかけ回すので、ゆりねが逃げていた。

明らかに、助けて、と困った顔をして訴えてくる。

病院に行って注射をした時だけ、ゆりねはいつも自分の方から私に抱きついてくるのだけど、ウー君に追いかけ回されて私の陰に隠れた時も、同じように私にしがみついてきた。

あまりにゆりねが困惑しているので、ケージを持ってきてそこに避難させていたら、ウー君がケージごとひっくり返してゆりねを出そうとしていた。

まだ、本能むき出しなのだ。

ゆりねがケージの奥に引っ込んで丸まってしまったら、今度は自分のおもちゃを持ってきてケージの入り口に並べ、たどたどしい口調で、「あーそーぼー、あーそーぼー」と誘っている。

その姿がめちゃくちゃ微笑ましかった。

ウー君のお母さんは、今が一番たいへんな時期だと話していた。

確かに、いっときも目を離せないし、おっぱいもあげなくちゃいけない。

３６５日、24時間母親業というのは、喜びもある反面、疲れてしまうこともあるだろうに。

すごいなーと思った。

事前にららちゃんに食べたいものをリクエストしてもらったら、やっぱり、「お米をあげたの」と「きりたんぽ」だった。

このふたつはららちゃんがまだ小さい時に作ってあげたのだけど、よっぽどおいしかったらしく、以来、リクエストを尋ねると、決まってこのふたつが登場する。

私としては、もっと他にも食べてもらいたいメニューがあるんだけどな、と思いつつも、そんなふうにずっと覚えてくれるというのは、やっぱり嬉しい。

初めてきりたんぽを食べた時、ららちゃんは、興奮して「おいしい！」と絶叫しながら、部屋の中をぐるぐるぐるぐる走っていたっけ。

今回は、ローストビーフと、鯛の塩釜焼きも作った。

鯛の塩釜焼きは、ずっと気になっていたメニューで、いい鯛があったので、思い切って作ってみたのだ。

やってみれば想像以上に簡単で、卵白と合わせたお塩で、鯛を包み、オーブンで焼くだけ。

あんなに塩を使ってしょっぱくならないのかな、と不安だったけど、実際食べてみると、本当にほどよい塩加減で、お酒がすすむ味だった。

見た目が華やかだし、しかも簡単にできるし、安くて新鮮な鯛が見つかったら、塩釜焼きにするといいかもしれない。

鯛を丸鶏にかえたりすれば、いろいろ応用できそうだし。

子どもがいるので、夜ではなくお昼の会食にしたのだけど、昼間からゆるゆると飲んで食べるのも、なんだかイタリア人になったみたいで楽しかった。

その後、私は2泊3日で瀬戸内へ取材旅行に出かけて、今に至る。

3月に入ってから、目が回るほどの忙しさだった。

そして私は、明日からベルリンへ。

今年は、いつもよりも長く、ベルリンで過ごす計画だ。

そうそう、お知らせがあります。

4月14日（金）から、NHKで『ツバキ文具店』のドラマが始まりまーす！

ポッポちゃん役は、多部未華子《たべみかこ》さん。

夜10時スタートなので、ぜひぜひご覧になってください。

NHKラジオでも、4月2日（日）から、ラジオ第一でラジオドラマがスタートします。

「新日曜名作座」という枠で、西田敏行《にしだとしゆき》さんと竹下景子《たけしたけいこ》さん、お二人ですべての役をこなされるそうで、機会がありましたら、こちらもぜひ、聴いてくださいね。

母親が病院に入院していた時、よくラジオを聴いていたので、今回のラジオドラマが間に合うといいなぁと思っていたのだけど、それより前に亡くなってしまった。

それがちょっと心残りではあるけれど、同じように病院とかで、テレビを見たり、ラジオドラマを聴いたりして、少しでもニコッとしたり痛いのを忘れたりしてもらえたら、こんなに嬉しいことはないなぁ、と思う。

『ツバキ文具店』の続編の連載も始まるし、私にとっては、新たな一歩を踏み出す時だ。

花を飾る　3月24日

朝、冷蔵庫に残っていた塩鮭でおにぎりを握って、飛行機に乗った。

国内旅行ならいざ知らず、海外、しかもヨーロッパへ向かう飛行機でおにぎりを持参するのもどうかと思うけど、持って行って正解だった。

機内食の無機質さを吹き飛ばしてくれる。

今回のフライト、ゆりねはかなりナーバスだった。

前回が、行きも帰りもケロッとしていたので、油断してしまった。

2回目も、ちゃんとキャリーに長時間入っている練習をすればよかった。

あんなにストレスを与えてしまうのなら、睡眠薬を飲ませてあげた方がよかったかもしれない。

ただ、ベルリンのアパートはとても気に入った様子で、はしゃいでいる。

お散歩も、尻尾を垂直に立ててご機嫌だ。

このアパートは、日本に帰国する友人から引き継いだもの。

私は以前、この部屋に3週間ほど住んだことがある。

ペンギンも、アパートをすごく気に入ったようで、着いた夜にさっそく自分の仕事部屋を整えていた。

ここが、しばらくの間、「わが家」になる。

冷蔵庫とか洗濯機とか食器とかベッドとかテーブルとか、最低限必要になるものを友人がすべて残して行ってくれたので、その日のうちから普通に暮らせるのはありがたかった。

着いて次の日は、日本から持ってきたおでん種でおでんを作り、ブリッツさん（私のドイツ語の先生）と日本酒を飲む。

ベルリンに来るのは、これで何回目になるのか、私はもう思い出せない。

すっかり慣れた町なので、海外にいるという気がせず、日本の地方都市にいるような感じ。

寒さは、覚悟していたほど厳しくはなかった。

むしろ、最高気温は東京よりも高いくらい。

セントラルヒーティングのおかげで、家の中にいる分にはそれほど寒さを感じない。

まぁ、極寒の時期を過ぎただけの話だけど。

ベルリンにも、ぼちぼち花が咲き始めていて、みんなが今か今かと春を待っている。

太陽が出ると、もう外でコーヒーを飲んだり、アイスを食べたり。

春が来て暖かくなると気持ちに余裕ができるのか、人も優しくなるという。

これからは、ぐんぐんと陽が長くなっていく。

サマータイムに切り替わって時差が1時間短縮されるのは、今度の日曜日からとのこと。

食器を選んだり、家具を動かしたり、なんだかペンギンと恋人同士の時間に戻ったみたいで、新鮮だ。

昨日は、ゆりねの散歩のついでに花屋さんに寄って、チューリップを買った。

ひと束1・5ユーロ。日本円で、２００円くらいだ。


朝起きたら、昨日はうつむいていたチューリップのつぼみが、太陽の方に向かってすーっと伸びていた。

ゆりねが、ごはんをおねだりする時のポーズに似ている。

これまでは仮住まいだったので、花を飾る余裕もなかった。

でも、今回はわが家なので、安心して花を飾れるし、料理も、慣れた道具を使って作ることができる。

その違いは、かなり大きい。

こちらに来て、まだ4日しか経っていないけれど、もうずっと暮らしているような気分だもの。

これからもっともっと、この部屋に馴染んでいくのだろう。

ドイツに、たくさん友達を作ろう。

ドイツで、たくさん作品を書こう。

ドイツ語も、がんばって話せるようになろう!

チャーハン記念日　3月26日

咲いた、咲いた、あっという間に咲いたチューリップ。

よく陽の当たる部屋なので、チューリップの花が開くのも、早かった。

今日は日曜日。

土曜日の深夜からサマータイムに切り替わったので、起きてから、時計を1時間早めた。

空は、真っ青。

いかにも日曜日らしい日曜日で、さっき近所のケーキ屋さんに行ってきたら、みなさん外でコーヒーを飲みながらくつろいでいる。

春が来たのだ。

今回、日本から荷物を送ったのだけど、残念なことに、どんぶり二つとコップ一つが、割れちゃってた。

どんぶり、一つは無事だったけど、残念。

もっと、梱包をぐるぐる巻きにすればよかったと反省する。

重さのことを考えて、ほとんどは漆器を選んで送ったのだけど、そっちの方はみんな大丈夫だった。

やっぱり漆器は、軽いし壊れにくくて、いいなぁ。

ペンギンは、食洗機に入れられないと文句を言うけれど、私は木の器が好きなので、ご飯を食べるのも、漆器の方がホッとする。

身近に日本を感じられるし。

ドイツの郵便は、ＤＨＬ。

時間指定というものはなく、受取人が不在の時は、ご近所さんに置いていってくれる。

ゆりねのフードをネットで注文したところ、事前にメールでいつ届くという日付のお知らせが来た。

不在で受け取れなかったら、アパートの一階にあるお店が預かってくれていた。

他にも、自宅で受け取れない時は、近くにあるＤＨＬのショップ（日本のコンビニみたいなところ）を指定することもできる。

日本では、宅配業者さんの労働条件が問題になっているけど、確かに何か変えないと、このままでは続かない気がする。

最初は元気よく配達に来てくれていた新人のお兄さんが、みるみる疲弊して、目の下にくまを作っていたりすると、本当に過酷なんだなぁ、と思う。

2時間刻みの時間指定はやりすぎだし、サービスが過剰だと思う。

自分で時間指定しておきながらその時間に受け取れず、再配達になる場合は、追加料金を払うようにすればいいと思うんだけど、どうなんだろう。

あまりにも、サービスに甘えてしまっているように思う。

今住んでいるアパートもそうだけれど、ベルリンの建物でリフトのないところも、結構ある。

そうすると、宅配業者さんは重い荷物を汗だくになって運ばなくちゃいけないから大変だ。

だからせめて、それ以上の負担をかけないようにする努力は、利用者側にも必要だと思う。

私も今、上の階に住んでいる人の荷物を預かっているところ。

それくらいゆるくても、いいんじゃないのかなぁ。

今朝は、ペンギンがチャーハンを作ってくれた。

実は、こちらに来てから、ご飯を上手に炊くのに四苦八苦していた。

ＩＨなので、火加減が難しいのだ。

ようやく4度目でおいしく炊けるようになり、それでチャーハンを作ったというわけだ。

焼豚の代わりに、ハムを入れて。

結果は、パーフェクト。

お椀に入っているのは、アオサのお吸い物だ。


ほぼ、暮らしの基盤が整ったので、明日から通常の仕事モード。

原稿を書かなくちゃ！

お花見

3月31日

どうやら、東京よりもベルリンの方が暖かいみたい。

今日は、20度を超える予報で、半袖やノースリーブの人も見かける。

昨日まで裸ん坊だった目の前の公園の木に、今日は浅黄色の新芽が芽吹いている。

昨日、ゆりねの狂犬病予防の注射を打ってもらってきたのだけど、帰り道、近所に桜並木を見つけた。

なんとなく日本の桜とは枝の伸び方が違うように見えるけれど、花はれっきとした桜だった。

ちょうど満開で、見頃を迎えている。

今日は、そこにペンギンも連れて行って、お花見をした。

春だなぁ。

一昨日、いいマッシュルームが売っていたので、ふと思いついてスープを作った。日本から送ったバーミックスが大活躍。

思いの外、おいしくできた。

2日分のつもりでたくさん作ったのに、全部、ペンギンに食べられてしまったけど。

ぬか床も、順調に育っている。

キュウリのタイプが違うので（こっちのキュウリは、なんだか中がふわふわしている）日本で食べるキュウリのぬか漬けのようにはならないけれど、それなりにいい味になっていた。

今は、大根を漬けているところ。

おいしいビールをたっぷり飲んで、上等なぬか床になってほしい。

この間、スーパーの野菜コーナーを見ていたら、ゴボウを見つけた。

本当にゴボウ？　と思って帰ってから調べたら、本当に正真正銘のゴボウだった。

ベルリンでゴボウが買えるとは！！！

根菜好きの私には、たまらない朗報だ。

なんといっても、日本を長く離れていて恋しくなる筆頭が根菜だから。

これで、レンコンも買えるようになったら、万々歳なんだけどな。

今日はこれから、牛ゴボウを作る予定だ。

これは、仙台に住んでいた祖母が、会いに行くとよく作ってくれた料理。
ベルリンで、牛ゴボウが食べられるなんて、すごく嬉しい。
鉢植えの水仙も、きれいに咲いた。
もうすぐイースターなので、花屋さんには、たくさん卵のオブジェが飾られていた。

単身赴任　4月10日

たった今、ペンギンを送り出した。

ペンギンは、日本で仕事があるので、ひとり、東京に戻って単身赴任なのだ。

数日前から、ブツブツブツブツブツと弱音を吐いていたけど、仕方がない。

私はゆりねとベルリンに残って、ドイツ語の勉強に励む。

朝、オニギラーズを作る。

この間も、ブルーメンへ行くのに、オニギラーズを作った。

握らなくていいので、本当に簡単。

この前なんか、冷蔵庫に残っていた納豆とアボカドを具にしちゃった。

ICE（ドイツ式新幹線）で食べるのに、臭いが気になったけど、なんの問題もなく、セーフ。

オニギラーズ、万歳だ。

今日は、豚の生姜焼きを具にした。

これを、ペンギンはヘルシンキから成田へのフライトで食べる。

沢庵《たくあん》と梅干しも欲しいというので、そっちは少しご飯の量を減らして軽めにした。

成田に着く直前の朝ごはんにしてもいいし。

オニギラーズは、ご飯版サンドイッチのようなものかな。

海苔はたくさん使うけど、作るのも簡単だし、食べるのも簡単だし、海外では特にありがたい。

朝は、ビーフンを作った。

近所のアジア食材店で買ったビーフンを、初めて使ってみる。

豚肉とキクラゲ、干し椎茸、ズッキーニを炒めて、そこに麺を入れる。

なんだか、幼い頃に仙台の祖母が作ってくれたビーフンの味に近かった。

祖母は戦争中、台湾に住んでいて、そこのお手伝いさんからビーフンを習ったというから、きっと麺が、本場のに近いのだろう。

日本では、あまりズッキーニを料理しないけれど、ベルリンのズッキーニはとてもジューシーで、なかなか助かる。

麺を3つ使ったらかなりの量で、作りすぎたかな、と思ったけれど、ふたりでペロッと食べてしまった。

ペンギンは、無事テーゲルに着いて、今、搭乗手続きの列に並んでいるらしい。

3ヶ月も会えないなんて寂しいけれど、お互いやることがあるので、それに集中していればあっという間かもしれない。

ただ、私はゆりねと一緒だからいいけど、ペンギンは、ゆりねと離れて暮らすことにかなりナーバスになっている。

そりゃそうだ、家族だもの。

とにかく、無事にベルリンで再会できるよう、気を緩めずにいなくては。

今日のベルリンは、とってもいいお天気。

目の前の公園の緑は、本当に新緑がきれいで、見ているだけで心が浄化される。

明日からまた寒くなるというから、今日はいっぱい光を感じておこう。

お仏壇　4月13日

時々、母が遊びに来る。

と感じているだけだけれど、そうとしか思えないことが何回かあった。

自分の存在をアピールするため、というか、おそらく私に褒められたいのだと理解しているのだけれど、よく、物を落とすのだ。しかも、ある決まった物を。

東京の家のトイレには、壁に小さな棚が取り付けてある。

そこには、ドイツで手作りされたちっちゃな木彫りの人形を3つ並べて置いているのだが、そのうちの雌鹿の人形だけ、立て続けに何度も下に落ちる、という事件が起きた。

最初は、ペンギンがいたずらでやっているのだと思って、落ちているたびに拾って同じ場所に戻しておいた。

でも、ある日ペンギンに確認したら、自分はやっていないという。

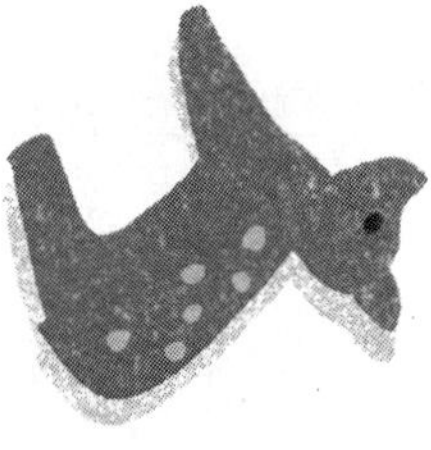

だって、どう考えてもおかしいのだ。

風で倒れることはありえないし、その場所から落下してもそこには落ちないよね、って場所に落っこちている。しかもいつも同じ、雌鹿なのだ。

不吉な予感がし、もしや私に何か悪いことが起こるお知らせだろうか、とも思ったのだが、ふと、母かもしれない、と思ったらすとんと納得した。

それで、難易度を徐々に上げ、これは落とせないでしょう、という場所に置いてみたりしていた。

そんな時も、ほんの数時間のうちに雌鹿が落ちていることがあって、私は、母の仕業だとますます確信したのだった。

そのたびに、私は、すごいねー、と褒めることにしている。

亡くなってから気づいたが、母は私に褒められたかった。

愛されて、褒められて、認められたがっていたように思う。

そんな簡単なことにも気づかずに、母が生きている間は、不毛な闘いを続けていた。

そのことにもっと早く気づいていれば、もっと違った関係を築けていたに違いない。

私がベルリンに来ていることは、どう影響するのだろう、と思っていたら、着いて二日目の夜中に、いきなり物凄く大きな音がした。

ペンギンはすやすや寝てたけれど、私とゆりねは飛び起きた。

翌日起きると、ペンギンがテーブルに置いていたスマートフォンが床に落っこちていた。

「絶対に落ちるはずがない」とペンギン。確かに、落ちるはずがないんだけど、落ちていた。

やっぱり母だ、という結論に達した。

母は一度も海外旅行をしたことがなかったけれど、亡くなってから、海外まで遊びに来たのだろうか。

母が亡くなるまで、私は、一切、お仏壇とかお墓とか供養とか、そういうものに興味がなかった。

そういうのは、ある種無駄なことなんじゃないか、と考えていた。

けれど、そんな私が、今は毎朝、母のお仏壇にお線香とお茶を供え、手を合わせている。

まぁ、お仏壇と言っても、手作りの祭壇だけど。

窓辺に置いてあるので、ちょうど空に向かって手を合わせるのが、気持ちいいのだ。

そして、ご先祖様に感謝の気持ちを伝え、新参者の母をよろしくお願いします、とお願いする。

母の好物がある時は、それも一緒にお供えする。

母が生きている間はほとんど理解できず、水と油の関係だったけど、今は、常に一緒にいる実感がある。

うまく言えないが、ペットのような感覚だ。

そして、これもなかなか上手に伝えるのが難しいけれど、もしも母が犬だったら、私はどんな性格だろうが、うまくやれたような気がする。

一昨日も、夜中にいきなりゆりねが飛び起きて、ドアの方を見ながら、うー、うー、と唸っていた。

そういうことが、たまにある。

私には見えないものが、ゆりねには見えているのかもしれない。

「大丈夫だよ」と言ってそのまま寝たら、その後、母が夢に現れ、その夢はとても甘く優しい内容だった。

やっぱり、あれは母だったのだろうか。

誰だって、親孝行したいし、できれば親と仲良くしたいと思っている。

家族が助け合うのは理想だし、できればそうありたいと思うけれど、どうしてもそうできない人だっている。

そういうことを、国とか法律で、押し付けないでほしい。

家族には、いろんな形があるのだから。

ウサギと卵　4月17日

今日も、ドイツは復活祭のため祝日扱い。

春分の日の後の、最初の満月の次の日曜日が復活祭とのことで、昨日の日曜日が今年のイースター。

ドイツでは、その前の金曜日と、その次の月曜日も祝日になるので、会社勤めの人は、土日も合わせて4連休になる。

土曜日は、お店などは通常営業のところが多かったけど、近所のパン屋さんはお休みになっていた。

日本でいう、お盆休みみたいな感じかな。

町は、とっても静か。

この間、ゆりねを連れて散歩していたら、おばあさんが、アパートの前の植え込みに卵の飾り付けをしていた。

そう、町には卵とうさぎのオブジェがあふれている。

みなさん上手に飾っていて、とてもかわいい。

ドイツでは、それほど宗教的な意味合いはないらしく、日本のクリスマスみたいに、イベントとして楽しんでいる感じだ。

教会も、あるにはあるけど、宗教的な目的ではなく、公民館みたいな場所として、絵の展示やライブに使われたりしている。

連休なので、私はイースターの間、納豆作りに挑戦した。

小学校の頃、体験学習みたいなので納豆を作ったことはあるけれど、それ以来だ。

ベルリンでも納豆を買うことはできるけれど、なにせ、お高い。

でも、ゆりねの大好物が納豆なので、この際、作ってみることにしたのだ。

日本から、納豆菌を持ってきている。

作り方自体は、とても簡単といえば簡単だ。

大豆をゆでて、そこに納豆菌をつけ、暖かい場所に24時間置いておくだけ。

大豆もビオカンパニーですぐ手に入るし、想像していたほど、大変ではない。

ただ、発酵させるのに保温する必要があり、それは当初、どうしようかなぁ、と思っていた。

中には、納豆と一緒に寝ている人もいるんだとか。

小学生の時は、確かにコタツの中で発酵させた記憶がある。

でも、いいことを思いついた。

私、日本から湯たんぽを持ってきていたのだ。

それを使って、使っていない掛け布団にくるんで保温した。

うまくできているといいけど。

今は、発酵を終えて、冷蔵庫で寝かせている。

海外で暮らしている日本人は、みなさん、涙ぐましい努力をして、日本食を手作りしている。

友人も、去年お味噌を仕込んだそうだ。

私も、がんばろう。

近所に、雲南省出身の若い子達がやっている麺のお店があって、私は勝手に「雲南麺」と呼んでいるのだけど、そこのイースターの飾り付けが、めちゃくちゃきれいだった。

内装自体、すべて自分達で手がけていて、椅子やテーブルも手作りだ。

あまりにも若いから、味はどうなんだろう、と怪しんでいたら、味もばっちりで、すごく好きになった。
納豆、食べるなら今度持って行ってあげよう。

困った時の、

4月23日

先日、ふと顔を上げたら窓の向こうに雪が舞っていた。

春だー、と喜んだのもつかの間、ベルリンはまだまだ寒い日が続いている。

お天気がコロコロ変わるので、外出するのもままならない。

さっきまで青空だったはずなのに、いきなり空が真っ暗になって、雨が降ってきたり。

この間は、やっと晴れたと思ってゆりねを連れて散歩に出たら、雹《ひょう》が落ちてきた。

まるで、富士山にいるようなお天気だ。

昨日も、ゆりねを連れて散歩していたら、雨に降られてしまった。

多少の雨だったら気にせず歩くのだけど、さすがにひどいのでお店の軒下で雨宿りした。

10分も降ると止《や》んだので助かったけど。

このお天気、当分続きそうだ。

昨日向かった先は、ＭＵＪＩ。

このＭＵＪＩが、本当に本当に助かるのだ。

なんといっても、ドイツの製品はやたらと重くて大きい。

お鍋とか、お玉とか、自転車もそうだし、ドアもそう。

なにゆえここまで重くする必要があるのか、とため息がでるほど、重くて大きい。

ドイツ人にはなんともないのかもしれないけど、日本人の私には、重たいフライパンを持つだけで骨が折れる。

そんな時、ＭＵＪＩの存在は心強い。

やっぱり日本製はいいなぁ、とＭＵＪＩで実感する。

まぁ、日本製といっても、実際に作っているのは中国だったりするけれど。

でも、日本人の物作りの技術は、やっぱりすごい。

服とかも、こっちではまず欲しいのが見つからない。

素材も縫製もデザインも、日本人の目を通したものの方が優れていると思う。

ＭＵＪＩで買うと、まぁまぁ高くつくけれど、わざわざ日本から送ることを考えれば、仕方ないというもの。

ザルとかボウルとか、味噌こし器とかお玉とか、やっぱりこうでなくっちゃ、と思う。

かゆいところに手が届くというか、細やかというか、ベルリンでも、ＭＵＪＩはすごく人気だ。

犬、入れるかなぁ、とドキドキしながら連れて行ったけど、なんの問題もなかった。ＭＵＪＩが近所にあって、本当に助かる。

寒い日は続いているものの、ぼちぼち、ホワイトアスパラガスの季節だ。

ちゃんと、解禁日というのが設けられているらしい。

出始めは高いのだが、しばらく経つと値段も手頃になってくる。

おそらく、日本人にとっての山菜というか、タラの芽みたいな感覚なんだろうと思う。

これを食べれば、春！　みたいな。

さすがにタラの芽はベルリンでは食べられないので、ホワイトアスパラガスを、天ぷらにして食べてみよう。

山菜が恋しくなったので、生ではないけど、乾物のぜんまいを戻して豚肉とお豆腐の煮物に入れてみたら、なかなかいい味だった。

さっそくペンギンにリクエストして、今度来る時に持ってきてくれるようお願いした。

今週末は、バスルームにシャワーカーテンを取り付けてもらったり、また一段と、住みやすい部屋になった。

どんどん愛着がわいてくる。

今日は、フランスの大統領選挙。

EUによって、人々の暮らしに恩恵だけがもたらされているわけではない、というのはわかるけれど、せっかく何十年もかけて築いてきたものなのだから、人々の知恵によって、ただ壊すのではなく、よりよいシステムへと再構築できないものだろうか。

自国第一主義の声は、耳触りはいいけれど、そのことが本当に人々に平和をもたらすのか、私は疑問だ。

どういう結果が出るんだろう。

ドイツにとっても、他人事《ひとごと》じゃない。ってことは、私にとっても他人事じゃない。

ゆりねは、すやすやお昼寝中。

チップについて

4月29日

昨日のドラマもとてもよかった〜。

そう、ベルリンで『ツバキ文具店』を、リアルタイムで見ることができるのだ。

正確には、2、3秒遅れているらしいけど。

オンデマンドではなく、Slingboxという機械を取り付けてきたおかげで、こっちから自宅のビデオを遠隔操作できる。

大相撲も国会中継もニュースも、なんだって見れちゃうなんて、すごい時代だなぁ。

納豆に続き、今日は、ラー油を作った。

ドイツにも一応あるにはあるけど、選べないので。

やってみると、とても簡単。

台所にあった材料だけで、簡単に作れた。

まだ味見はしていないけれど、香りはとてもいい感じ。

最後に、ふとひらめいて鰹節の粉を入れたのが、吉と出るか凶と出るか、楽しみだ。

これで、餃子をよりおいしく食べられる。

船便で送った荷物は、すべて無事に届いた。

たまに本当に荷物自体が消えてなくなることがあると聞かされていたのでドキドキだったけど、全部ちゃんと届いてホッとした。

日本から送ったすり鉢も、小さい鰹節削り器も、壊れていなかった。

大きな荷物は、たいていアパートの一階にあるアクセサリーショップに置いていかれる。

今住んでいるアパートは古くてエレベーターがないので、小さい荷物は持ってきてくれるけど、大きいと、最初からベルを鳴らさず、下の階に預けて行くのだ。

日本みたいな時間指定とかはありえないけれど、事前にメールでお知らせが来る場合は、日にちと、午前か午後かがわかる。

それを変更したりはできない。

だから、届くと知らされた時は、じーっと、辛抱強く家で待機していないといけない。

日本みたいなきめ細やかなサービスはないけど、まぁ、それくらいでいいんじゃないか、と思っている。

荷物を別のところに置いていかれることを見越して、自分で運べる重さにしておいて正解だった。

ベルリンに来てから、ずいぶん逞しくなっているような気がする。

とにかく、なんでも自分で運ばなくちゃいけないんだもの。

日本みたいに、いくら以上買うと送料無料、みたいなサービスはあんまりないから、近所で買えるものは近所で買うようになるのだ。

日本でも、消費者がそういう意識を持てば、なんでも宅配に頼る、ということが少なくなると思う。

即日配達とか、過剰なサービスすぎる。

その日に欲しいのなら、何日か前に注文すればいいのだし、急に欲しくなったら、自分の足で探せばいい。

ただ、こっちでも、水とワインは、さすがに重いので運んでもらうようにしている。

水は、スーパーの宅配に頼っているけれど、飲料を注文する場合は、あらかじめ高い値段が設定されている。

ワインは、近所のワイン屋さんでまとめて買って、それを運んでもらっている。

そういう時は、運んでくれた人にチップを渡すのが常識だそうで、ふだんの宅配でも、上の階に重い荷物を運んでもらった場合は、運んでくれた人にチップを払う。

日本人にはチップって慣れないし面倒ではあるのだけれど、レストランとか、宅配の人とか、ホテルのお掃除とか、安いお給料で働いているので、チップがとても有効に機能しているらしい。

逆にいうと、チップがないと、仕事として成り立たない。

それが、世の中を少しスムーズに動かしていると思うと、お財布にはいつも、小銭を持ち歩かなくちゃいけないなぁ、と実感する。

私は、家には、使っていない蓋つきのバターケースを玄関に置いて、そこにいつも、1ユーロとか2ユーロの硬貨を入れている。

そうすると、すぐにチップを渡すことができる。

最近は、レストランなんかの支払いの時、カードでチップ分を上乗せして払えるところもあるけれど、そうなると、ちゃんとチップを渡すべき人のところに渡るのか定かでないから、やっぱりチップだけは現金の方がいいのかもしれない。

チップに関しては私もまだしどろもどろだけど、この習慣を身につけないと、気分よく生活できないような気がしている。

レストランの場合は、よく、もとの額の10％とかって言われてはいるけれど、そうきっちりでなくてもいいみたいだ。

GW中、ヨーロッパを旅行する人は、チップを忘れずに。

チップ用に、常に小銭を貯めておくと便利です。

それにしても、役者さんって、すごいなぁ。

倍賞美津子《ばいしょうみつこ》さんの先代役は、お見事！　としか言えない。

男爵役もいい味が出てるし、白川《しらかわ》さんのお母さん役も、すごい。

ポッポちゃんも、かわいい。

平面だった世界が立体になるようで、私も、ふつうに一視聴者としてドラマを楽しんでいる。

来週は、どんな展開になるんだろう。

そうだ、お知らせがあります！

最新刊の『小説幻冬』で、『キラキラ共和国』の連載が始まりましたー。

これは、『ツバキ文具店』の続編として書いたものです。

ポッポちゃんの「その後」が気になる方は、こちらもぜひ読んでくださいね！

正しい週末の過ごし方

5月1日

今日はメーデーのため、ドイツでは祝日扱い。

ということで、今週末は3連休になった。

近所に住む友人から電話があったのは、金曜日の午後だった。

洗濯機が壊れてしまって脱水ができないので、洗濯機を借りに行ってもいい？　とのこと。

もちろん、いいよーと即答した。

こういうこと、ベルリンでは日常茶飯事なんだけど、ふと振り返って、日本だったら、同じ状況になっても友人に洗濯機を借りようとは考えないなー、と思った。

まず初めに、なんとかして修理の人を呼ぶような気がする。

こういうのが普通にできるのが、ベルリンだ。

まさに村。

町が小さい分、ふらりと出かけたり、友人と会ったりできる。

彼女は、夕方、濡れたバスタオルなどを持って、自転車でやってきた。

うちの洗濯機もいつ同じ目にあうかわからないから、お互い様だ。

のんびりお茶しながら、脱水が終わるのを待つ。

なんとも、のどかだなぁ。

次の土曜日は、別の友人が息子ちゃんを連れて遊びに来るので、ごはんを作る。

このアパートでお客さんをもてなすのは初めてだ。

メニューは、マッシュルームのスープと、ホワイトアスパラガスの天ぷら、筍と豚の煮物、それに塩むすび。

マッシュルームのスープに、サラダの残りのルッコラを入れてみたのだけど、ちょうど日本のヨモギみたいな香りが出て、なかなかの味になった。

息子ちゃんは、スープにおにぎりを混ぜて食べて、ご満悦。

天ぷらは初めての試みでドキドキだったのだけど、なんとか成功した。

日本とドイツでは粉の分類の仕方が違い、こちらでは、日本でいうところの薄力粉とか中力粉とか強力粉というものが存在しない。

それに近いならこれかなぁ、という感じで、全く同じ粉は手に入らないのだ。

それで、最初にやってみてうまくできなかったら天ぷらは潔く中止にしようと思っていたのだけど、結局、買ったひと束をすべて天ぷらにして食べちゃった。

いやぁ、本当においしかった。

ヨーロッパの人たちがホワイトアスパラガスを今か今かと楽しみに待っている気持ちが、すごくよくわかった。

そうそう、ホワイトアスパラガスを料理する際に大事なことがある。

グリーンアスパラガスと違って、外側の皮をむかなくちゃいけないのだ。

そしてその皮もまた、出汁《だし》が出るので料理に使える。

ある人は、その皮と一緒にホワイトアスパラガスを煮るといい、また別の人は皮の出汁でスープを作るという。

そんなわけで私も皮を無駄にせず、次の日の朝は、皮から出汁をとって、それで雑炊を作った。

これが、お見事というくらい、滋味深い。

最後に卵でとじただけなんだけど、結局、お茶碗三杯分、全部食べてしまった。

特に、胡椒《こしょう》と塩とオリーブオイルをかけた組み合わせが最高だった。

この、余すことなく使うやり方、何かに似ているなぁ、と思いませんか？

そう、カニです、カニ。

カニも、身を取り出した後の殻から、出汁をとってそれをお味噌汁とかスープにしたりするじゃないですか。

あれですよ、あれ。

つまり、ホワイトアスパラガスとカニは、使い方がとても似ているのです。

この春は、せっせとホワイトアスパラガスを買ってきて、おいしい食べ方を研究しようと思っている。

そして午後は、洗濯機が壊れた友人と、お互いに犬を連れて森に行ってきた。

去年の夏、初めて行ったベルリンの森の中にある犬パラダイス。

森の中に湖があって、そこでは犬たちが自由に遊べる、夢のような場所があるのだ。

もう、ゆりねも他の犬にならって、ノーリードで放しちゃった。

最初はどっかに行ってしまわないか不安だったけど、大丈夫でホッとした。

犬と遊ぶのが大好きなので、ゆりねは大喜び。

ゆりゴンが炸裂《さくれつ》し、思いっきりストレスを解消して帰ってきた。

すっかり、汚れた犬になったけど。

でも、すごく幸せそう。
ゆりねが幸せなら、私も幸せ。
最高にいい日曜日の過ごし方だ。
そして今日は、連休の最終日。
外で激しいデモがあるかもしれないと言われていたので、家の中で静かに過ごす。
明日から、いよいよ私は語学学校に通う。
久しぶりの学生生活、どうなっちゃうんだろう？

金曜日は、

5月7日

今週は、月曜日は祝日で、火曜日は学校の始業式(?)、水曜日から本格的なドイツ語レッスンがスタートした。

授業はかなりみっしりで、朝8時半から始まって、午後1時まで。

その間、10時から30分間と、12時から15分間の休憩がある。

10時からの大きい休みの時は、ロビーに売店が出て、そこでパンとかフルーツとかヨーグルトを買って食べることができる。

学校が始まる前、自分で少し勉強をしたつもりだったけど、それは1日目で底をついてしまった。

2日目ですでに頭がフリーズしそうになる。

予習、復習をしないと、路頭に迷うこと間違いなし、だ。

難しい、と思うと自分で壁を作ってしまうので、ドイツ語は簡単だ、と自分に言い聞かせているのだけれど、実際のところ、目がくるくる回りそうになる。

1週目ですでにこんなで、今後、どうなってしまうのだろう。

でも、やっぱり学校ならではの良さがあって、独学でやっている時は全く覚えられなかった数字も、いつの間にかすんなり頭に入った。

まぁ、ちょっとずつちょっとずつ、進んでいくしかない。

そんな訳で、金曜日の午後は解放感に満たされていた。

夕方、ゆりねを連れて散歩していて、そういえば金曜日は近所にマルクト（市場）が立つ日じゃなかったかな、と思って行ってみたら、やっぱりそうだった。

出ているお店の数もそんなに多くないし地味なので、これまでは違う広場のもっと大きいマルクトに行っていた。

けれど、こうして住民になってみると、こういう地元の人たちに愛されているマルクトが一番だな、と思う。

もう夕方だったし、とにかく解放されていたので、白のグラスワインを買って飲む。

でもって、お魚を焼いて出してくれる屋台があったので、そこでお魚を一匹注文する。

私が最後の一匹をゲットした。

お魚は、鯖みたいな青魚で、一匹丸ごと焼いてくれる。

あー、おいしい。

やっぱり魚はいいなぁ。

白ワインも、安くて、おいしい。

幸せだなぁ。

まだまだ寒い日が続いているけれど、もう寒いのにも飽きてきたから、外で食べるのが気持ちいいよねー。

なんて思いながら食べていたら、小さな女の子を肩車した男性が近づいてきて、「ひとつ、質問があります」とドイツ語で話しかけてきた。

すると今度は肩車された女の子が、「わたしの名前は〜です」と、ドイツ語の先生も顔負けの、ものすごーくわかりやすいゆっくりとしたドイツ語で言った。

わっ、習ったばっかり！　知ってるよ、知ってる、と心の中で飛び跳ねながら、私も、すごくゆっくり自分の名前を名乗った。

たったこれだけのことなんだけど、嬉しい。しみじみ、嬉しい。

ドイツ人と、会話ができたなんて！

嬉しくて、泣いてしまいそうになる。

酔っ払ってふわふわしていたのかもしれない。

まぁ、後から振り返ると、女の子が聞きたかったのは、私の名前ではなく、「犬の名前」だったんだけど。

ドイツ語だと、7月がJuliで、ユリと発音するから、こっちではユリで通している。もしくは、ファルコン。

とにかく、1日に1ミリずつでも、窓が開いていくようで、それが日々の喜びになる。

久々の学生生活は、大変だけど、とても充実している。

学校もすごくいい雰囲気だし、先生も素敵だし、クラスメイトもいい人たちだ。

ということで、金曜日は、魚の日に決定した。

一週間がんばった、自分へのご褒美だ。

次行く時は、おにぎりとお醤油を持って行こう。

クラスメイト　5月12日

春が来た！　やっと、来た！！

今日はまさに、そんな一日。みんなそう感じているのだろう。

みなさん、外のテーブルで飲んだり食べたりして楽しんでいる。

なんだか明るいところに集まってくる虫みたいだな、と思ったけど、昨日までは本当に寒くて（最高気温が10度くらい）、手袋が欠かせなかったんだから、その気持ちもすごくよくわかる。

このまま、いいお天気が続いてほしい。

語学学校は、もう本当に大変だ。

歩きながらノートを開いたのなんて、何十年ぶりって感じ？

でも、そのくらいしないと、ついていけない。

来ている人たちの出身は様々で、アメリカ、アゼルバイジャン、ベラルーシ、ブラジル、イタリア、メキシコ、ペルー、サウジアラビア、ウズベキスタン、トルコ、日本人は、私を含めて、３人。

でも、他のヨーロッパの言語を母国語としている人たちは、やっぱり理解が早くて羨ましくなる。

日本人の私は、最初から出遅れている気がする。

授業は、すべてドイツ語で行われるんだけど、平気で英語で質問するのは、アメリカ人だ。

それが、当たり前になっている。

でも、もし私が日本語で質問したら、顰蹙《ひんしゅく》を買うのは間違いない。

その辺で、すでに大きなハンディがあるような気がする。

でも、それを気にしていても仕方がない。

私と同じテーブルのペルー人の女の子は、スペイン語を話し、職業は心理学者だ。

行き帰りベンツでお迎えが来るサウジアラビア出身の青年は、医者の卵だという。

みんな、いろんな理由で語学学校に通っている。

私が初めてベルリンに来たのは、９年前の春のこと。

取材の後半、その日の仕事を終えて、私は、編集者さん達とどこかアラビア料理の店にいた。

何を食べたのかはもう覚えていないけれど、店の広さとか雰囲気は、なんとなく記憶に残っている。

ちょうど店の前が坂になっていて、私は、窓からその通りをぼんやり見ていた。

そして、一人の女性が、颯爽《さっそう》と自転車で坂を下ってきた。

その様子を見て、なんだかベルリンって自由があふれていていい町だなぁ、と感じたのだ。

その瞬間のことは、今でもはっきり覚えている。

ずっと、それがどこだったのかなぁ、と思っていたのだけど、それが今日、わかった。

夕方、ゆりねの散歩に行って、夜ごはん自分で作るの面倒だし、何か近所で済ませよう、と思って、私は初めて、自分のアパートの一階にあるアラビア料理の店に入った。

そして、確信した。

9年前、私が来て、「ベルリンっていいいな」と思った店は、まさにここだったのだ。

つまり、私は今、その店と同じアパートに住んでいる。

ものすごく奇跡的なことを書いているのだけど、うまく表現できないのがもどかしい。

でも、本当にすごいこと。

きっとこの場所は、私にとって、とてもいい場所なのだろう。

放課後

5月26日

たいへんたいへんたいへんたいへん。たいへんたいへんたいへんたいへん。

今、私の頭の中はこんな感じ。

学校がたいへんで仕方がない。時間が足りない。学校に行って、家に帰って予習復習をしているると、他のことが何もできない。

ごはんを作っている時間もない。

ペンギンと、ゆっくり話している余裕もない。

ゆりねと散歩する時間が唯一の息抜き。

多分私、ものすごーく白髪が増えている。

だから、金曜日の午後1時、その週の授業がすべて終わった時は、バンザーイと叫びたくなる。

学校の選択を間違ったかな、とも思うけれど、もうそういうことになっているので仕方がない。

とりあえず、あと2ヶ月は、こんな生活が続く。

そんなわけで、先週の金曜日の午後は、クラスメイト数人とティアガルテンのカフェに行った。

なんだか、「放課後」という響きが懐かしいけど。

大人の放課後って感じだろうか。

湖のほとりの席で、ビールを飲みながら楽しく過ごす。

ところどころに、習いたてのドイツ語を交えてみるけれど、自分の言いたいことがなかなか伝わらなくて悔しい。

昨日は、一学期終了を記念して、クラスみんなでビアガーデンに集まることになっていた。

みんなが参加できるようにと時間を決めたはずだったのに、ちゃんと集まったのは8人だけで、そのうち4人が日本人。

集まろうぜ〜、とさんざん盛り上がっていた人が結局来なくて、なんとなく、国民性を垣間見たようだった。

日本人は、やっぱりちゃんとしているんだなぁ。

多分、ドイツ人がいればドイツ人もちゃんと来たと思うけど。

集まったメンバーで、先生にお礼のカードを書く。

私たちはみんな、今の先生が本当に大好きで、次も同じ先生になってほしいと心から願っているのだが、いかんせん先生本人もそれを自分で決めることはできないらしく、もしかしたら、来月からの授業では、違う先生になってしまうかもしれない。

そうそう、さすがドイツだなぁ、と思った出来事があった。

隣のクラスにいる日本人の知り合いに聞いたのだが、なんと、そのクラスでは、生徒の方から、最初の先生をやめさせて、違う先生に代えてもらったのだとか。

署名して、嘆願書みたいな形で学校に抗議し、それが通って違う先生になったという。

日本だったら、いくら先生に不満があっても、そういうことはしないだろうなぁ。

でも、先生を代える権利というか、いい先生の下で学ぶ権利は生徒側にもあるので、こういうことは、そう珍しいことでもないらしい。

ビアガーデンの後は、みんなでラーメンを食べに行った。

初めてのラーメンをおっかなびっくり食べる人もいて、面白かった。

新学期　6月2日

新学期が始まった。

今週から、また新しいメンバーで学んでいる。

前回のクラスから引き続き授業をとっているメンバーは、私も含めて、次のステップに進むのではなく、もう一度、繰り返して同じ内容を学ぶことにした。

同じ内容といっても、プラスαの部分がかなりあるので、初日からのんびりなんてしていられなかったけど。

今のクラスには、シリアから来ている男性もいる。

あと、フランス人のおじさんもいて、ちょっとホッとする。

前のクラスでは、ステファニーと親しくなった。

ステファニーはアメリカから来ているアーティストで、とても素晴らしい作品を作る。

私と一緒で、ベルリンの空気感に惹《ひ》かれたらしい。

今のクラスで一緒になったのは、オーストラリアのメルボルンから来ているカミーユだ。彼女とは、なんだかとっても好みが似ていて、最初の自己紹介では、夫がいること、犬を連れてきていること、料理をするのと食べるのが好きなこと、などほぼ内容が一緒で笑ってしまった。

ステファニー同様、カミーユもとてもチャーミングだ。

先生は、みんな前と同じ先生になるのを期待していたけれど、新しい先生になった。でも、今回の先生もとっても教え方が上手で、スポーツ選手のトレーナーのように、私たちがいかに効率よくドイツ語を身につけられるかを真剣に考えて教えてくれる。

ドイツ語の学校に行くと、私はまさに「ただの生徒」で、しかもあんまり出来のよくない生徒で、でもこの経験は、自分にとってとても大事だなぁと痛感する。

日本で自分がいかに甘やかされていたことか、ドイツにいると、そのことを日々感じている。

正直、今はものすごく大変なんだけど、でもきっと、自分の人生にとってはかけがえのない時間なのだろう。

宿題を出されて、えーっとか言ってみたり、この歳でそういうことをまたできるっていうのは、とても幸せなことだ。

それにしても、自分のお金で学校に通うのと、親が出したお金で学校に通うのとでは、全く意識が違う。

自分の学生時代を振り返ると、平気で授業をさぼったりして、本当に申し訳なかったと反省する。

今は、自分で授業料を払っているので、絶対に遅刻したり、さぼったりしないぞ！　と思っている。

皆勤賞を狙いたいところだけど、明日から、私は取材でラトビアに行くことになっている。

ドイツ語の学校は、２日ほどお休みの予定。

これからゆりねをトリマーさんのところまで預けに行って、それから明日の授業の予習と宿題をしなくちゃ。

夏至が近づいているので、今もう夜の８時半近いけど、まだ青空だ。

きっと、ラトビアはもっと陽が長いはず。

今回で三度目となるラトビア。

どんな出会いが待っているんだろうな。

ぷかぷか天国

6月25日

夏至が過ぎて、これからはまた少しずつ陽が短くなって冬に向かっていくのかと思うと、ヨーロッパの夏は本当に短いなぁ、と実感する。

その年の状況にもよるけれど、だいたい、8月になると少しずつ景色が秋めいていくから、夏はあとひと月ちょっとだ。

今のうちにうんと太陽を浴びておかないと。

少しでも太陽が顔を出すと、とたんに外に出て日光浴をしている人の気持ちが、今では痛いほどよくわかる。

それくらい、冬が厳しいということだろう。

寒いことよりも、暗いことがとにかくこたえるそうだ。

エストニアは初めてだったけど、柔らかくて、女性的な国だった。

エストニアは、バルト三国のうちもっとも北にある国で、バルト海をはさんですぐ上はフィンランド。

フィンランドからはフェリーで気軽に来ることができるほど、距離的にも、そして文化的にもとても近い。

フィンランドに近い分、ラトビアよりも「都会」と言えるのかもしれない。

エストニア、ラトビア、リトアニアは歴史的に見てもかなり運命共同体だし、文化的に見ても、歌と踊りが大好きだったりとても近しい関係にある。

私はまだ、この3つの国の微妙な違いをうまく言葉にすることができないけれど、確かに、ちょっとずつトーンは違う気がした。

そして、運命共同体でありながらも、これら3つの国同士がちょっとしたライバル意識を持っているのが、とても面白い発見だった。

エストニアでは、スパホテルに一泊した。

そこに、海水のプールがあって、そこでぷかぷか浮かんでいた時間が、未だに忘れられないでいる。

最初、普通のプールかと思って入ったら、妙に体が浮かんで、口に入った水がかなりしょっぱかったので、海水だとわかった。

体の下に浮き輪を入れると、完全に体が浮かぶ。

水の中に耳をつけると音も遮断されて、今までいた世界が遠ざかっていく。

目を閉じてただただ流れに身をまかせるようにして浮かんでいると、だんだん、自分がどこにいるのかもわからなくなって、なんだか宇宙空間にぽっかり浮かんでいるような気分になってくる。

母の胎内にいる時も、きっとこんな感じだったのだろう、と想像したら、涙が出てきた。

おそらく、あのぷかぷかは、それ以来の経験だ。

気持ちよくて気持ちよくて、いつまでだってそうしていたいと思った。

あの時間をもう一度味わうためだけでも、またエストニアに行きたいと思うほど。

大きな腕でお姫様抱っこされているような感覚は、今まで味わったことのない不思議に満ちていた。

叶うなら、今すぐあの海水プールに戻りたい。

海だと、波があるから、ああいう感じにはならないのだろう。

エストニア&ラトビアの旅から戻ったら、すっかりドイツ語を忘れてしまっていて悲しくなったけど、仕方がない。

とにかく、そう簡単に語学が身につくはずはないから、2歩進んだら1歩戻るくらいのつもりで、地道にコツコツやるしかない。

7月と8月は学校をお休みにしているから、私にとっては一区切り。

一昨日は、友人たちを招いて、うちで持ち寄りパーティーを開いた。

そういうことを気軽にできるのが、ベルリンのいいところ。

お客様は、ちびっこを含め、5人。

そんなに大人数を呼んだことがないし、スリッパも食器も足りないし、最初はちょっと不安だったけど、なんとかなるものだ。


ラトビアから持ってきた燻製《くんせい》のソーセージは、大好評だったし、友人が家で作って持ってきてくれた生春巻きは、うっかり写真を撮るのを忘れるほど。

友人が持ってきてくれたクロワッサンもおいしかったなぁ。

私は、日本から持ってきた乾燥菊を戻して、それをくるみ和えにして出してみた。

他にも、煮卵や、絹さやのきんぴら、ポテトフライを作る。

やっぱり、誰かに料理を作って食べてもらうのって、幸せなことだ。

語学学校に通っている間は、それこそ、自分の食事もままならなくて、ペンギンに送ってもらったインスタントのお味噌汁に頼るほどだったから、思いっきりストレスを発散することができた。

そうそう、途中から音楽が聞こえてきて、誰かが気を利かせてかけてくれているのかな、と思っていたら、外の、向かい側の公園の一角で、ミュージシャンが生演奏をしているのだった。まるで、私たちのために演奏してくれているみたいで、嬉しくなる。

明日パリに行く人がいるから早く始めようと、夕方の5時からのスタートにしたのだけど、結局は12時近くまでずっと飲んだり食べたり喋ったりしていた。

初めてお会いしたアーティストの束芋《たばいも》さんとも、なんだかずっと前から知っているような感じでお話しすることができた。

すっかり、彼女のファンになってしまう。

そして、この日はゆりねの誕生日でもあった。

3歳になったゆりねは、みんなに抱っこしてもらって、ご満悦の様子。

きっと、ずっと先の未来から振り返ったら、私は今、ものすごくかけがえのない日々を送っている。

こんなふうに、ふらりとみんなが持ち寄りで集まれるベルリンって、やっぱりいい町だなあと思った。

そっくりさん　7月3日

週末、ちょっと面白いことがあった。

雨が降っていたので、ゆりねを家に置いて、近所のお店まで買い物に行った時のこと。

店に入ったら、奥から白い犬が出てきた。

一瞬、なんでゆりねがここにいるんだろう？　と思ってしまう。

そのくらい、似ているのだ。


その犬は、別のお客さんが連れてきている犬だった。

「私も犬を飼っているんだけど、あなたの犬にそっくりで驚いちゃった！」というようなことを伝えると、「名前は何ていうの？」と聞いてくる。

「yurine」と答えると、しばらく考えてから、「あー、あなたの犬、知ってるわ！」と言って、ちゃちゃちゃっとスマートフォンをいじり、一枚の写真を見せてくれた。

一瞬、どっちがゆりねかわからなかった。

でも、よく見ると確かにゆりねだった。お鼻が少し小豆色《あずき》で、足が少し短い方がゆりねである。


どうやら、同じトリマーさんにカットしてもらっているらしいことが判明した。

それで、この間、彼女が自分の犬をカットしに連れて行ったら、ちょうどゆりねもそこにいたという訳だ。

おそらく、私が取材でラトビアとエストニアに行っていた時だろう。

ちょっと不思議な縁を感じた。


メールアドレスを交換し、私にも写真を送ってもらった。

本当に似ている。

そっくりさんだ。

彼女の犬は、パシャといって、性別は男の子。

でも、「少しワイルド、だけどフレンドリー」という性格はまさにゆりねと一緒。

今度一緒に散歩させることになった。

面白いことって、あるんだなぁ。


昨日は、小雨の中、また森と湖に行ってきた。

先週はずっと雨続きで、ほとんどろくに散歩できなかったので。

レインコートを着て歩く森もまた、気持ちよかった。


ただ、思わぬ生き物と遭遇した。

なんと、森にイノシシがいたのだ。

気持ちいいなぁ、と思いながら歩いていたら、反対側から来た家族が教えてくれたのである。

リードをつけた方がいいと言われ、慌ててゆりねにリードをつける。

緊張しながら歩いていると、確かに、丸々太ったイノシシが、地面をほじくり返していた。

すごい迫力だ。

ゆりねは怖いもの知らずなところがあるから、あのままオフリードで歩いていたら、イノシシの方に近づいていって、危険な目にあっていたかもしれない。

イノシシの目撃情報は伝言ゲームのように、すれ違う人同士で共有されていた。

そして、それを口にする人たちが、なんだかみんなちょっとだけ興奮して嬉しそうな様子なのがまた、おかしかった。

ベルリン近郊の森には、まだオオカミがいると聞いたことがあるし、そりゃあイノシシがいてもおかしくないはずだ。

私も、イノシシと会ったことを、少し興奮ぎみに周りの人に吹聴している。

それにしても、やっぱりそっくりだなぁ。

ご近所さん　7月8日

同じアパートの住人から、立て続けに二つ、頼まれた。

地上階（日本でいう一階）には、たいていお店やレストランが入っていることが多いけれど、私が今いるアパートにも、アクセサリーショップが入っている。

その女性店主が、私に話しかけてきた。

手に、一枚の紙を持っている。

どうやら、日本から商品を買ったのだけど、PayPalが使えず、日本にお金を送金するのにどうしたらいいか、困っているという。

私も経験があるけれど、日本から海外、または海外から日本にお金を送ろうとするとものすごく手数料がかかってしまう。

彼女が払いたい額は１００€。

それを、私が持っている日本の口座を使って払えないかというのだ。

やってみれば簡単なことだった。

私の口座から、100€分の日本円を相手の日本人の口座に送金すればいいだけのこと。

たまたま同じ銀行の口座だったので、手数料もかからず、めでたしめでたし。

彼女はいつも、私のところに届いた荷物（というか、他の住民に届いた荷物もすべて）を預かってくれている。

いつもお世話になってばかりいるので、私も何か彼女のためになることができてよかった。


そしてもう一つ。

先日、アパートの前の停留所でトラムを待っていたら、男性に声をかけられた。

彼も、同じアパートに住んでいるという。

それで、日本の会社に履歴書と作品を送りたいのだけどわからない日本語があるので、教えてほしいのだという。

後日、書類を見せてもらったら、それは、スタジオジブリへの応募に関するものだった。

宮崎駿監督が長編アニメを製作するにあたり、スタッフを募集しているので、彼はそれに応募したいとのこと。

こんなはるばる離れたところからも応募の希望者がいるなんて、すごいことだ！

きっと険しい道だろうけれど、最大限彼を応援すべく、書類の書き方などを教えてあげた。

どっちの出来事も、いかにもベルリンだなぁ、という気がする。

ほんのちょっとの支え合い、助け合いで、気持ちよく暮らせるのだ。

先週末は、お祭りだった。

ＤＪが来てパフォーマンスを披露したり、風船で飾り付けをしたりと賑わっていた。

そして、うちのアパートの中庭でも、子どもたちがフリーマーケットをやっていた。

自分たちがもういらなくなった本やぬいぐるみ、おもちゃや靴下などを安い値段で売りに出しているのだ。

こういう光景は、ベルリンにいるとよく見かける。

物を無駄にするのではなく、自分で使わなくなった物も、誰か別の人に引き取ってもらって使ってもらう、という発想は、ベルリンの人たちにしっかりと根付いている。

なんでも簡単に捨ててしまう日本人とは、物に対する感覚が違うのだろう。

小さいうちからこういう感覚が身につくことは、とてもいいことだなぁ、といつも思う。

昨日は金曜日で、近くの広場にお魚を食べに行ったら、もう売り切れだった。仕方なく、トルコ料理のお惣菜を買って白ワインを飲みながら食べていたのだけど、途中からどんどん空が曇ってきて、大雨になった。テントの下にいたから、ずぶ濡れになるのは免れたものの、結構シャツが濡れたりして悲惨だった。

雨が降ると、大人でもよく、靴を脱いで裸足で歩いている人を見かける。これも、ベルリンならではだ。

おかえり肉じゃが

7月15日

郵便局に行って、切手を買う。

「85セントの切手を30枚ください」と、ドキドキしながら拙《つたな》いドイツ語で言ってみた。

通じた！　どんなにたどたどしくても、間違っていても、やっぱり使わないと上達しないから、外に出たらなるべくドイツ語を使おう、と思う。


その帰り、信号待ちをしていて、くしゃみをしたら、私の後ろから「ゲズントハイト！」と声がした。

そう、ドイツでくしゃみをした人がいたら、これを言うと学校で習った。

でも、授業では練習したけど、実生活（？）で耳にするのは初めてだった。

意味がわかって、ちょっと嬉しくなる。

私も、誰かがくしゃみをしたら、即座に言えるようになりたい。

そんなちょっとしたことからも、コミュニケーションが生まれる。


昨日は魚の日。

夕方、ワクワクしながらマルクトに行ったら、なんと、先週に引き続き今週も売り切れてしまっていた。

やっぱりお昼に行かないとダメみたい。

がっかりしていたら、屋台のおじさんに、先週も来てたでしょ、とバレていた。

気をとり直して、八百屋さんで野菜を見る。

玉ねぎが欲しくて、「ツバイベルはある？」と尋ねると、お店のおばさんが首を傾げた。

「シュパーゲルか？」と聞いてくる。シュパーゲルは、アスパラガスで、もうアスパラガスの季節は終わっている。

いや、オニオンなんだけど、と言ったら、急に笑顔になって、「ツヴィーベル」と発音を直された。

そっか、玉ねぎは「ツヴィーベル」だった。

私は、ieの発音を、eiと間違って言ってしまったのだ。

でもこれで、玉ねぎという単語は、しっかり覚えた。

こういうのが、活きたドイツ語教室なのかもしれない。

間違えるのを恐れずに、自分から使ってみないといけないな、と反省した。


今日は、久しぶりに好きなカフェに行ってコーヒーを飲む。

飲んでいたら、柴犬を連れた女性が入ってきた。

日本の方かな、と思って声をかけると、やっぱり日本人だった。

彼女は、音楽でベルリンに来て、もう15年こちらで暮らしているとのこと。

途中電話がかかってきて彼女がドイツ語で普通に話しているのを聞いて、尊敬する。

「すごいですねー」と言ったら、来た時は全く話せなかったんです、と意外な答え。

とにかく、毎日毎日勉強したそうだ。


コーヒーを飲みながら、犬の話題で盛り上がった。

「犬に生まれるなら絶対にドイツ！」という彼女の意見に、私も大いに賛同する。

彼女が連れていた柴犬は、いかにもたっぷりと愛情を受けています、という穏やかな表情をしていて、柴犬がいるだけで、なんだかそこが日本になるから不思議だった。

ほんと、犬にとっては幸せな場所である。
好きなカフェが一緒、というだけで、なんだか価値観を共有できるのがいい。
このカフェ、空気が丸いでしょ、という表現、すごくよくわかる。
またここで会いましょうね、と言って別れた。

昨日、マルクトで玉ねぎを買ったのは、肉じゃがを作るため。
今、久しぶりに、大きい方のお鍋で肉じゃがを作っている。
そう、今日はペンギンがベルリンに到着するのだ。
帰ったらすぐに食べられるように、おむすびと肉じゃがを作った。
そして、私とゆりねは、これからサプライズで空港まで迎えに行く。
ほぼ3ヶ月ぶりだ。
ゆりねは、どんな反応を見せるんだろう。

さくっと、

7月26日

週末を利用して、ラトビアに行ってきた。

先月も行ったばかりなのだけど、せっかくペンギンも合流したし、どこかでのんびりしたいなぁと思った時、真っ先に頭に浮かんだのはラトビアだった。

これまで、3回行っているけれど、それらはすべて仕事だ。

どこに行くにも有能な通訳さんがついてくれて、移動も車で楽なのだけど、普通に観光として行ったらどんな感じなのだろう？　と思ったのだ。

単なる観光目線で、一度ラトビアを訪れてみたかった。

ベルリンからは、ラトビアの首都、リガまでの直行便が出ている。

所要時間は、1時間40分。

東京から、九州に行くような感じで、ふらりと出かけられる。

ヨーロッパにいると、こんなふうにさくっと違う国に行って週末を過ごせるのがいい。

今回の旅の目的は、ひたすらのんびりすること。

それと、買い出し。

前回買ってきたベーコンとソーセージがあまりにおいしくて、すぐになくなってしまったので、今回は最初からそのつもりで、準備万端にして出かけた。

ちょうど週末で、土曜日にビオマーケットが開かれるから、そこで買おうという計画だった。

ペンギンにとっては、初めてのラトビア。

私から断片的に話は聞いていたものの、やっぱりどうもイメージが湧かなかったらしい。

リガに着いて最初の日は、何度も、「ヨーロッパだね、本当にヨーロッパだね」と繰り返していた。

そのたびに、「だから、そう言ってたでしょ！」と私。

ラトビアを含むバルト三国は、地理的にいうと北欧に属し、街並みも人々の感じも、紛れもなくヨーロッパなのだ。

旧ソ連に占領されていた時代が長かったから、共産圏の名残りは確かにあるけれど、ヨーロッパの北の端っこ、という認識で間違いない。

ラトビアの食事はとてもおいしい、というのも、行って食べて、やっと納得したらしい。

どこのレストランに行ってもフィッシュスープがあるので、毎回フィッシュスープを頼んで、味比べもできた。

海が近いので、ベルリンでは滅多に食べられない魚が豊富なのだ。

黒パンももちろんおいしいし、ビールもこれまたとてもおいしい。

仕事だと、いつも駆け足になってしまうので、今回は、ホテルの部屋でくつろいだり、なんとも贅沢な時間を過ごせた。

日曜日は、野外民族博物館にも行ってきた。

先月、民芸市が行われた場所だ。

広大な森に、ラトビア全国から古い民家が移築されていて、私が行った日は、パンのお祭りをやっていたのだ。

お天気もよくて、森歩きを楽しみながら、ちょこちょことパンの試食をしたり、楽しい日曜日になった。

リガに行かれる方は、ぜひぜひ、野外民族博物館に行ってみてくださいね。

ここは、本当に素晴らしい場所だと思う。


月曜日の夜に帰ってきて、その日のうちに、ソーセージとベーコンと、焼豚（？）を小分けにして冷凍した。

これで当分、食生活は安泰だ。

見た目は、真っ黒。


でもこれが、本当においしい！

ベーコンとかソーセージはドイツが本場、と思っていたけれど、いやいや、私はラトビアの方が、おいしいと思う。

とにかく、昔ながらの製法でしっかり燻製してあって、完全無添加。

ドイツにもいろんなベーコンやソーセージがあるけれど、そういうのとは、根本的に違うのだ。

今回、ペンギンも初めて食べたのだけど、あまりのおいしさに驚いていた。
あんなに買ってきたけど、またすぐになくなりそうな気がする。

ペンギンがさっそく、焼豚でチャーハンを作ってくれた。
お見事！
離れて暮らしていた3ヶ月、どれほどペンギンのチャーハンが恋しかったか。
しばらくの間、チャーハンが食べられると思うとホクホクする。

8月15日

8月16日

今借りている部屋の前の公園は、昔、葡萄《ぶどう》畑だったらしく、その地区全体が緩やかな丘のような地形になっている。

丘の中腹には古い教会があって、その周りをぐるっと一周するのがゆりねの散歩コースだ。夕方出かけて、散歩の最後に、教会の前にあるカフェで一杯のビールを飲んで帰るのが定番になってきた。

教会の見える外の席で、心地よい風に吹かれながらビールを飲んでいると、しみじみと幸せな気持ちになる。

昨日は、8月15日だった。

日本人にとっては特別な日も、ベルリンにいると普通の日にすぎないというのが、わかってはいるけれど、ちょっと不思議。

でも、ドイツと日本の大きな違いは、戦争に対する向き合い方だ。

ベルリンにいると、戦争の加害者としての事実も被害者としての事実も、両方残されているから、忘れる暇がないというか、忘れる隙がないというか。

これだけ頻繁にそれらの痕跡が目に入ると、忘れたくても忘れられない。

戦争があって、たくさんの人を傷つけ、たくさんの人が犠牲になったという事実は、日常生活の中に溶け込んでいる。

私がよくゆりねを連れて行っているグリューネバルトの駅は、かつて、そこから多くのユダヤ人たちが特別列車に乗せられて、収容所へと送られた場所。

今でも、その当時使われていた17番線のホームが残されていて、そこには、いつ、何人のユダヤ人がどこへ送られたかを記録したおびただしい数の金属板がある。

つまずきの石もそうで、ナチス政権下で虐殺された人たちの名前と誕生日、命日、そして亡くなった場所が、一人ずつ10センチ四方の真鍮《しんちゅう》のプレートに刻印され、その人がかつて住んでいた家の前の舗道に埋めてある。

昨日、散歩の時に意識して数を数えたら、その短い間にも6つのつまずきの石があった。外出して、つまずきの石に出会わない日はない。

その度に、戦争のことが脳裏をよぎる。


もう、日本人の5人のうち4人は、戦争を知らない世代なのだと新聞で読んだ。

だから昨日は意識して、自分の祖父母が72年前の今日をどんな気持ちで迎えたのかを想像した。

日本から持ってきた乾物のぜんまいを煮て、小豆を炊いた。

72年前は、これがきっとご馳走だったのだろうと思いながら、ペンギンと食べた。


去年までは見えなかった景色が、今年は見える。

ドイツで生きることの大変さも、この数ヶ月で大いに味わった。

簡単に言うとそれは、権利と義務ということかもしれない。

同じ敗戦国でありながらも、この72年間をどんな態度で過ごしてきたか、これからますます差がひらくような気がする。

もう二度と、悲惨な戦争が起きないことを祈るばかりだ。

8月も半ばを過ぎると、ベルリンはそろそろ秋の気配。
中庭の大木が、少しずつ黄色味を帯びている。

夏の遠足

8月28日

いよいよ、デビューしてしまった。

何かというと、自転車デビュー。ずっと、自転車には手を出していなかった。

とにかく、ドイツでの自転車はスピードを出す人がたくさんいて、怖くて、尻込みしていたのだ。

日曜日の朝早く、駅で友人ふたりと待ち合わせて出発する。

私はもうすでに、そこにたどり着くまでにドキドキ。

エレベーターはあるか、電車ではどこに乗せたらいいのか、自転車用の切符はどうするといいのか、知らないことばかりなのだ。

ちなみに自転車は、持っていないので近所でレンタサイクルした。

無事友人らと落ち合い、Sバーンの駅で、今度は列車に乗り換えて、一時間二十分。去年からずっと行きたいと思っていた週末カフェが目的地だ。

わざわざ自転車を持っていったのには訳がある。

最寄り駅からカフェまでは、14㎞で、タクシーもなければ、バスも予約制で、人数が集まらないと運行されないらしく、あてにならない。

歩いて行ける距離ではないから、ベルリンから自転車を持っていくのが、確実なのだ。

去年行こうとした時は、誰か村の人で駅に用事がある人がいたら便乗できるように頼んでくれるとのことだったのだけど、結局乗せてくれる人が見つからず、断念したのだった。

駅からのレンタサイクルも、ないとのこと。

駅で降りて納得した。

そこが本当に駅かどうかも危ういほど、無人の原っぱがプラットホームで、危うく、降りそびれそうになった。

事前の検索では、自転車で45分とある。

森の中を抜ける道は、とても気持ちがよかった。

空気がスーッと肌に馴染む。

猛スピードで追い越して行く車はちょっと怖かったけど、とにかくみんな似たり寄ったりの体力なので、安全運転で途中で休みながら目的地を目指す。

想定外だったのは、道のアップダウンで、平坦な地形のはずのドイツなのに、坂を上っては下りて、また上っての繰り返し。

漕ぐのが大変な時は自転車から降りて、とにかく無理をせず、いろんな景色を楽しみながらサイクリングをした。

ロバに会ったり、白鳥に会ったり、野の花を見たり、大声を出したり。

その度に自転車を停めて、一休み。

なんて楽しい夏の遠足。

結局、休み休みだったこともあり、目的のカフェに着いたのは、駅を出てから2時間近く経っていた。

でも、45分というのは、絶対にありえない。

ドイツ人の、よっぽど早いスピードで計算した時間だと思う。

カフェは、本当にかわいかった。

日本人の人が、週末だけやっているカフェで、おいしそうなケーキがたくさん並んでいて嬉しくなる。三人でワインを飲み、カレーを食べ、最後にケーキとコーヒー。

ドイツ人のお客さんもたくさん来ていて、平和を絵に描いたような素晴らしい場所。


泊まれたりもするらしいので、今度は泊まりがけで来てゆっくりしたいねー、と話す。

併設のギャラリーで、日本人の方の作品を展示していたので、私は木のお皿を購入。

いい記念になった。


そして再び自転車に乗り、来た道をせっせと戻る。

往復28㎞のサイクリングだ。

本当にあの駅が最寄り駅なのかと思って確認したら、やっぱり間違いなかった。

帰り道に湖の横を通ったら、おばさんが素っ裸で水から出てきた。

ドイツには、ヌーディストビーチが結構ある。

裸で泳いだら、さぞ気持ちいいだろうなぁ。


ただ、びっくりしたのは、帰りの電車。

行きは余裕だったのに、帰りは自転車を乗せる車両がぎゅうぎゅう詰め。自分たちの自転車を、なんとか隙間に押し込んだ。

空いている席もなく、日本の満員電車さながら、立ったまま帰ってくる。でも、なんとなく興奮して、それもそんなに疲れなかった。レンタサイクルのわりにいい自転車で、体に合っていたから楽だったのかもしれない。

誰ひとり怪我もなく、無事ベルリンに戻ってこれたお祝いに、ビールで乾杯。なんて幸せ。

今年は自転車デビューを果たしたから、来年の目標はキャンプデビューにしよう！　自転車で道具を運んで、森でキャンプも夢ではない。

一緒に行った友人のひとりは、この夏、電車でデンマークの島まで行って、そこからレンタサイクルをして、一週間くらいかけて自転車で島を旅行したという。

今回の遠足で、移動手段として自転車が加わると、グッと世界が広がることが判明した。んー、ついにマイ自転車を買おうかしら？

今、真剣に悩んでいる。

メルケルさん　9月24日

夏の遠足からあっという間に時が過ぎ、今は秋。

ヨーロッパの夏は、本当に短い。

もうすでに公園の木々は紅葉を始めているし、私は先週から、手袋のお世話になっている。

あんなに薄着だったベルリナーたちが、気がつくと防寒対策ばっちりで歩いている。


夏の遠足の後、日本からノンノンが遊びに来て、一緒にイタリアに行って、それからバタバタと毎日が過ぎて、気がつけば今日はもうドイツの総選挙。

私にドイツの選挙権はないけれど、暮らしにはもろ直結する。

選挙結果によっては、安穏としてベルリンにいられない状況になるかもしれないと以前は思っていたけれど、今は、まぁ、大丈夫でしょう、という大方の予想。

昨年のアメリカのような結果にはなるまい。

春、ドイツ語の学校に通ってまず驚いたのは、頻繁にメルケルさんの名前が登場することだった。

「アンジェラ・メルケルはドイツの首相で、科学者です」というドイツ語での言い方は、ほぼ初日に習ったし、「アンジェラ・メルケルは、コーヒーに砂糖とミルクをたっぷり入れます」という文章を作る練習をしたり、エレベーターで二人っきりになるなら誰がいいか、という話題でメルケルさんの名前が登場したり、とにかく、みんなから慕われているのを肌で感じた。

彼女は、「ドイツのお母さん」という愛称で呼ばれている。

世界中から来ている語学学校のクラスメイトや日本人の友人からも、「メルケルさんだからドイツが好き」とか「メルケルさんだからドイツに来た」という声を少なからず耳にした。

私もそうだ。

当たり前のことを、正々堂々とまっすぐにちゃんと言ってくれるメルケルさんは、私にとっての尊敬する人物。

世界中、なんだかなぁ、という政治家が多くなってきている今、メルケルさんみたいにちゃんとした正義感で真っ当なことを発言してくれる人は、とても貴重だと思う。

実は、今借りているアパートの隣が、メルケルさん率いるＣＤＵのイベント会場みたいなのに使われていて、選挙戦が始まってすぐの頃、いらしていたらしいのだ。アパートの地上階にあるアラビア料理の店にも姿を現したらしく、早速その時の写真が飾ってあった。

もちろん、様々な意見の人がいて、メルケルさんを支持しない人だって当然いるだろうけれど、それでも、国民の多数がメルケルさんを支持するドイツという国は、やっぱり素晴らしいと思うし、そうやって自分たちの選んだ首相に誇りを持てるというのは、とても幸せなことだと思う。

振り返って、日本はどうなのだろう？

ドイツでは、メルケルさんを自分たちが選んだ、という意識が強いけれど、日本の場合は政治家と国民の間に壁があって、国民に選ばれたはずの政治家が、なぜか上から目線で国民を下に見ていることに、私はどうしても納得できない。

今日のドイツの総選挙、投票率はどのくらいなのかな。
私の場合、次の選挙から、ドイツにいても日本の選挙で投票できるようになった。
絶対に投票するぞ、と今から鼻息を荒くしている自分がいる。

メルケルさん、今日は隣のビルにいらっしゃらないかなぁ。
メルケルさんに、お会いしたいなぁ。
時々窓から外の様子を覗いては、様子をうかがっている。

そして私は、明日から日本に帰る。
わーい、約半年ぶりに日本の空気が吸える。
ゆりねとペンギンは、ベルリンで仲良くお留守番です。

こんな幸せ　10月6日

日本に着いて、飛行機から出たとたん、素麺《そうめん》が食べたくなった。

冷たい、お素麺。

そういえば、ベルリンで素麺を食べたのは、一度きりだ。しかも、冷たいのではなく、温かくした素麺だった。

やっぱり、素麺って日本の気候にあった食べ物なんだなぁ。

半年ぶりの日本。空気が、柔らかく感じる。


トンボを見て、わぁ、日本だわぁ、と感動した。

ベルリンで、トンボを見た記憶がない。

どこかには、いるのかもしれないけれど。

トンボだけでなく、蝶々とか、蝉《せみ》も、ほとんど見かけない。

だから、蝉時雨《しぐれ》とか、言葉を聞いただけでうっとりする。

秋の夜長の虫の声とか、本当に、日本でしか味わえない。


懐かしくて食べたくなるのは、お寿司とか、そういうものより、もっと、お豆腐屋さんのお揚げとか、町の食堂のメンチカツやコロッケだったりする。

ただ、今回は、ぶらぶら商店街を歩いたりする時間が、ほとんどなかった。

だから、お揚げにもメンコロにも、再会できなかったのが、残念。


日本の空の下で、ふたつの作品のゲラを読んだ。

一冊は、『キラキラ共和国』、そしてもう一冊は『ミ・ト・ン』。

どちらも、今月の終わりには産声を上げる。

朝、よし！　と気合いを入れてゲラを読む作業は、至福の時間だった。

私にはいつも、最終のゲラが生き物のように思えて、膝の上に抱いて、毛並みを整えてあげているようなイメージだ。

栗きんとんも、しみじみおいしい。

こういう、何気ない幸せが、日本にはたくさんある。


昨日の夜、外を歩いていたら、ふわーっと金木犀《きんもくせい》の香りがして、なんだかものすごく幸せになった。


そうそう、今回戻って驚いたのが、洗濯物。

東京とベルリンで同じTシャツを使っているのだけど、「わー、このTシャツって本来こんなに柔らかかったんだ！」とびっくりした。

ドイツで洗濯すると、水のせいなのか、洗濯機のせいなのか、洗濯物がゴワゴワになる。

一応そう自覚はしていたのだけど、まさかここまで違うとは思っていなかった。

日本の洗濯物が絹ごし豆腐の柔らかさなら、ドイツの洗濯物は島豆腐の硬さだ。


それにしても、なんだか変。

自分の家にいるのに、ゆりねがいない。

わが家にいらしたお客様も、いつも出迎えるゆりねがいないことに、違和感があると話していた。

留守番中のペンギンは、ベルリンはもう寒い寒いと言っている。

ついに暖房を入れたそうで、街路樹も、すっかり黄色くなっているとのこと。

秋、そして冬。

同じ集合住宅に暮らす子どもたちが、半年でかなり大きく成長していた。

半年という時間をあけると、相手の変化が如実にわかる、ということも、今回の大きな発見だった。


さてと、私はこれから荷造りをして、明日の飛行機でベルリンに戻り、今月末、再び日本へやって来る。

本の誕生に合わせて、いろいろイベントなども企画中だ。

また、読者の方とお会いできると思うと、ワクワクする。


あー、幸せ。

日本にいて、ほんの小さなことが幸せに思えることが、すごく幸せ。

最後の太陽

10月18日

ペンギンは一人さみしく、日本へ帰国。

また、ゆりねと一人一匹の暮らしに戻った。


週末は、久しぶりにゆりねを連れて森と湖へ。

行きの列車に、自転車を持って乗る人がたくさんいた。

それもそのはず、ここ数日、ベルリンはすこぶるいいお天気。

どうやら、東京の方が寒いみたいで、ベルリンは気持ちのいい青空だった。

だから、ここぞとばかりに、みんな自転車でサイクリングを楽しもうと出かけたのだろう。


ベルリンは、もうすっかり紅葉を迎えている。

赤く色づく葉っぱは少なくて、だいたいが黄色。

街中も森も、見渡せばどこもかしこも黄金色で、とても美しい。

これから景色がさみしくなるから、最後のご褒美を与えてもらっているみたい。

子犬の頃、落ち葉の中で駆け回るのを覚えてしまったので、ゆりねは、落ち葉を見ると反射的に「ゆりゴン」スイッチが入ってしまう。

森でも、落ち葉がたくさんあって、暴れ回っていた。

夏の湖も気持ちがよかったけれど、秋の湖も、素敵だった。

文庫本でも持って行って、ベンチに座ってじっくり読書がしたくなる。

この季節をベルリンで過ごすのは初。

そして今年は、初越冬も控えている。

今週いっぱいはお天気が良さそうだけれど、来週は一気に冬モードだ。

予想最高気温は10度ちょっとで、最低気温は3度なんて日もある。

もうすぐサマータイムが終了するから、ますます夜が長くなる。

私は、日本からの時差を引きずっているので、今、えらく早寝早起きの生活をしているけれど、今日は朝起きて、まだ空に星と月が出ていた。

今でも、朝は8時くらいにならないと明るくならない。

みなさん、この青空が今年最後になることが、わかっているのだろう。

思う存分、太陽を浴びて楽しんでいる。

最後の太陽だなんて大げさに聞こえるかもしれないけれど、でも、感覚としては本当にそうだと思う。

来週からは、いよいよ冬に突入だ。


お日様が出ているうちにと思って、せっせと寝具などを洗濯しては乾かしている。

ベルリンでは初となるおこげも、ただ今絶賛乾燥中。


乾燥したら、油であげて、おいしいおこげが食べられる。


そうそう、日本で最中《もなか》をいただいたので、週末、友人を招いてお茶会をしたんだっけ。

外国で食べる最中は、最高だ。

玄米茶と、よく合う。
みんな、なんだかもったいなくて、ちょっとずつちょっとずつ、口に運んでいた。
たねやさんの最中、おいしいなぁ。
次日本に帰ったら、またお土産に買ってきてあげよう。
皮と餡《あん》が別々になっていて、皮がパリッとするのがたまらないのだ。

さてと、冬支度をしなければ。
まずは麴《こうじ》と大豆を買ってきて、来週は味噌を仕込もうかな。

キラキラ&ミトン　10月23日

先週末、ベルリンに届けられた『キラキラ共和国』。

できた〜！！！

嬉しいなぁ。

今まで、続編という形で物語を書いたことはなかったんだけど、今回は初の試みで、『ツバキ文具店』の続編。

『ツバキ文具店』を書いてから、本当にたくさんのお手紙を頂戴した。

読者カードもたくさんいただいたけれど、それ以上にお手紙が多かった。

正直、そういう形で読者の方と繋がれるとは予想していなかったので、本当に嬉しいギフトだった。

その中で、続編を書いてください、という声がとても多かった。

自分でも、続きを書いてみたいな、と思っていたので、背中を押してもらった感じ。

再び自分も鎌倉暮らしを疑似体験できて、幸せだった。

前作は、鳩子《はとこ》を巡る緩やかなご近所づきあいがメインだったので、今回は鳩子のプライベートの部分に焦点を当てた。

25日くらいから、店頭に並ぶはずです。

もちろん、今回も装画はしゅんしゅんさん、中の手書き文字は萱谷恵子さん。

全く同じメンバーで仕事ができるというのもまた、とても幸せなことだった。

そして、ほぼ同じ時期に刊行となる『ミ・ト・ン』の方も、先週、見本が完成した。

こちらもまた、長い時間をかけてようやく形になった、思い出深い作品だ。

舞台となるルップマイゼ共和国のモデルは、ラトビア。

装画を担当したイラストレーターの平澤まりこさんとは、全部で3回、ラトビアの旅をご一緒した。

ふだんの小説では体現できないようなとても凝った装丁になっているので、今回はぜひ、それも楽しんでいただけたら嬉しい。

昨日は、少し遠出をして、ゆりねとシュラハテンゼーへ。
湖の周りに遊歩道があって、そこを歩いて一周してきた。
紅葉がものすごくきれいで、どこを見てもうっとりしてしまう。
晩秋のヨーロッパも、なかなか素敵だ。
湖の周りを一周すると、一時間半くらい。
ゆりねには距離が長かったみたいで、今日はぐっすり眠っている。
今度はお弁当でも持っていって、たっぷり一日、湖畔で過ごすのもいいかもしれない。
湖の水が、とてもきれいだった。
『ミ・ト・ン』にも湖のシーンがあって、私のとても好きな場面。
読んでいただけたら、嬉しいです！

ただいま！

11月1日

3週間ぶりの日本。

たった3週間だったのだけど、ベルリンで過ごしていた時間がとてもゆったりしていたので、3ヶ月くらいいたような印象だ。

ペンギンが家で、ご飯とお味噌汁を用意して待っていてくれた。

やっぱりわが家は、よいなぁ。


サイン会のお知らせです。

今回は、横浜で一回、京都で一回、鎌倉で一回、東京で一回です。

なお、11月15日の鎌倉、由比ヶ浜公会堂では、午後3時くらいから、本をお持ちくだされば、サインをいたします。

夕方5時からは、イラストレーターのしゅんしゅんさん、字書きの萱谷恵子さんをお迎えしての、お話会です。

鎌倉散策を楽しみながら、どうぞいらしてください。

お待ちしております！

ミトン祭

11月4日

昨日、手紙舎さんに来てくださった皆さま、ありがとうございました。
私も、とても楽しい時間を過ごすことができました！

それにしても、ミトンは、見ているだけで、そばにあるだけで幸せになるなぁ。
昨日も、お店にたくさんミトンが飾ってあって、嬉しくなる。

今回の企画のために、平澤まりこさんが、オリジナルのポストカードやコースターなどを制作してくれたのだけど、どれも本当に素敵だった。
そして、今日から吉祥寺のギャラリーfèveでは、『ミ・ト・ン』刊行記念として、平澤まりこさんの原画展が開催されている。

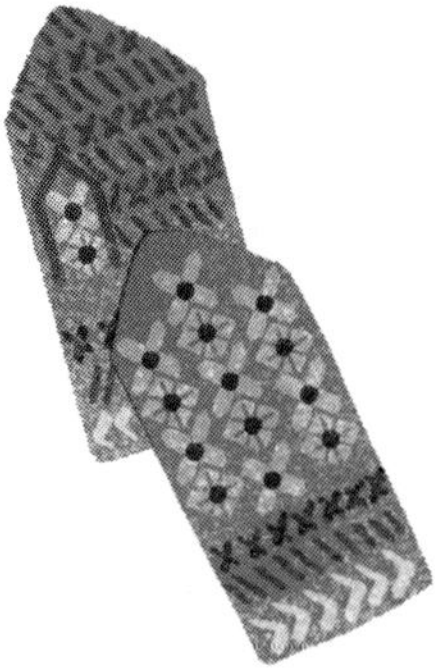

私も昨日原画を初めて拝見したのだけど、本当に素晴らしかった。

今回、まりこさんは、とても時間と手間のかかる銅版という手法で描かれている。

とてつもなく大変な作業。でも、だからこその奥深い味わいが醸し出されるのだろう。

今日は、私もこれから在廊の予定。

原画展は、この後も何箇所か全国のギャラリーをまわるそうなので、ぜひぜひ、ご覧になってくださいね！

手紙舎さんのカフェでは、今日から、『ミ・ト・ン』をイメージして作ってくれたデザートも登場します。

私も昨日いただいたけど、おいしかったですよー。

こちらでも『ミ・ト・ン』祭やっておりますので、どうぞ遊びにいらしてください。

京都へ　11月12日

おはよう！　と思わず空に向かって叫びたくなるような、きれいな朝。
大好きな、東京の冬の青空が、見事に広がっている。
私は、今日これから京都へ。
まずは京都のＮＨＫでお話をし、そのあと、サイン会の予定。
京都でサイン会をするのは、初めてだ。
昨日から晩ごはんのお店を探しているけれど、うまく決められず……。
ま、行き当たりばったりというのも、たまにはいいかもしれない。
当たって砕けろ、的な発想で。

横浜でのサイン会は、楽しかった。

久しぶりのサイン会でドキドキだったけれど、たくさんの方に足を運んでいただき、エネルギーをもらい、自分自身が、お出汁をたっぷり吸い込んだがんもどき状態になっている。

来てくださった皆さま、ありがとうございます。

そして、来たかったけど来られなかった方も、やっぱりありがとうございます。

いつかまた、きっとお会いするチャンスがあると思います‼


日本に戻って最初の一週間くらいは、時差でなかなか眠れず、朝方まで起きていることが多かった。

でも最近は、日本の時間の流れに、ようやく体が馴染んできた。

近所を歩いていると、犬を連れて歩いている人とよく出くわして、そのたびに、ゆりねは今ごろどうしているだろう？　としんみりする。

まぁ、大好きなトリマーさんに預かってもらっているので、めちゃくちゃ楽しい日々を送っているに違いないのだけど。

ゆりねがそこにいないとわかっていても、毎回、居間のドアを開ける時、習性でそーっと開けてしまう。

ベルリンはついに、最低気温がマイナスになったらしい。

うぅぅ、寒い。

それを思うと、東京の冬はやっぱりとても恵まれている。

ベルリンの人たちに申し訳ないくらい、太陽がこんなにふんだんに光を放っているなんて！

でも、たったひとつの太陽が、世界中を照らしていることを思うと、太陽ってなんて偉大なのだろうと改めて感心する。

ヨーロッパにいると、太陽のありがたさを身にしみるのだ。


今週は、京都と鎌倉と東京でサイン会。

ぜひ、いらしてくださいね。

お待ちしておりまーす！

それと、『ミ・ト・ン』と『キラキラ共和国』のあとがきも、更新しました。

あー、なんだか今日はとっても素敵な朝。

今日も、いい一日でありますように！

（合掌）

鎌倉へ、

11月17日

京都、一泊だったけど、すっかり満喫した。

ＮＨＫ文化センターでのお話会、ならびにふたば書房でのサイン会に来てくださった皆さま、本当にありがとうございます！

今回もまた、素敵な出会いの連続でした。

京都でサイン会を終えた翌日の朝、ホテルからイノダコーヒの本店に行って、前日にいただいたメッセージやお手紙を読んだ。

本当に励まされる。

「何か」がちゃんと届いていることを実感し、嬉しくて、幸せで、泣きそうになってしまう。

読者の方には、どんなに感謝しても足りないなぁ。

わー、私、どうしましょ。今死んじゃっても、全然悔いがないなぁ、と美しい光に包まれたテラス席を見ながら感慨にふけった。

朝は食べない主義なのだけど、ちょっと小腹がすいていたので、カフェオレとキルシュトルテをいただく。

どこまでドイツにかぶれているのか、と自分でも呆れてしまうけど、キルシュトルテはすごく好き。

朝からケーキなんか食べちゃって、バーバラ婦人みたいだなー、と思いながら、手紙を読んで、時にほろっと、時にクスッとしていた。

イノダコーヒのキルシュトルテ（メニューでは、キルシュじゃなくて、昔っぽい、ちょっと違う名前になっていた）、初めて食べたけど、かなりおいしい。

それにしても、いつから禁煙になったのだろう。

私としては、かなり嬉しい転換だった。

店を出て、やっぱり京都はいいなー、いつか期間限定で住んでみたいなー、なんて妄想しながらルンルン気分で歩いていたら、六角堂を通りかかった。

今回はゆっくり紅葉を見る時間もないし、お寺や神社にも行けないから、せめてここに寄ってお参りでもしていこうかしら？　なんて何気なく中に入って、びっくり仰天。

だって、卵ケースに並ぶ卵みたいに、白とピンクの鳩（の置物）がたくさん並んでいるのだもの。

それらは、願い事を書いた紙を鳩のおなかに入れ、奉納された鳩だった。

もちろん、私もとびっきりの願い事を書いて納めてきた。

その日は一日、書店まわり。

本当に、書店員さんには頭が下がる思いだ。

たくさんの書店員さんの努力と、そして本屋さんのおかげで、自分の本を読者の方に届けることができる。

お会いした書店員さんは、どの方もみなさん魅力的だった。

今回、改めて「京都っていいなー！」と再確認した私。

またせっせと五百円玉貯金をして、京都に行こう。

そして昨日、じゃなくて一昨日は鎌倉でのイベント。

しゅんしゅんさん、萱谷恵子さんとも久々の再会。

公民館みたいな場所、というか公民館で、靴を脱いで、パイプ椅子で、大丈夫だろうか、と最初は不安だったけど、なんだか逆にそれが鎌倉ならではの雰囲気を出していて、和気あいあいとした、楽しい時間だった。

その日は、『キラキラ共和国』にも登場する、私の大好きなお店で晩ごはんを食べ、鎌倉に宿泊。

翌朝はガーデンに行って、これまた京都同様、読者の方から届いたお手紙を読む。

もうもうもうもう、私、こんなに幸せでいいのかしら？　本当に、今日死んじゃっても悔いがないわ、とまたしても思ったのだけど、ふと、ベルリンにゆりねを置いてきていることに気づいて、いやいや、やっぱり今日はまだ死ぬわけにはいかないな、と考えを改めた。


京都でも鎌倉でも、ゆりねちゃんはどうしてますか？　とか、中にはゆりねちゃんのファンです、という方までいらっしゃり、嬉しいやら、お恥ずかしいやら。

繊細なコは、飼い主と離れることで元気がなくなったりもするようだけど、ゆりねに至っては、どうやら問題ないようで、預かってもらっているトリマーさんのお宅で、楽しく過ごしているようでホッとする。

ただ、ペンギンは、トリマーさんの彼（イタリア人）の腕に抱っこされてものすごーく安心しきった表情で寝ているゆりねの写真を見つけてしまったらしく、ヤキモチを焼いていた。

先日は、「これをゆりねに持ってってくれる？」と、わざわざ築地からゆりねの好物のカリカリ豆を買ってきた。

私はもうすぐゆりねに会えるけど、ペンギンはまだ先なので、切羽詰まってウルウルしている。


でもって今日は、二子玉川でのサイン会とお話。

お天気がよくてよかった！

サイン会

11月19日

二子玉川でのお話&サイン会にお越しくださった皆さま、そして、来たかったけど来られなかったよ、という皆さまも、本当にありがとうございました！

今回は、4箇所でサイン会をさせていただき、毎回、たくさんのエネルギーをいただきました。

この温かいエネルギーを糧にして、次の作品に全力で励みますね。

二子玉川でのイベントが夜7時からだったので、帰宅したのは10時くらい。

おなかがすいたなー、と思いながら帰ったら、ペンギンが太巻きを買ってきてくれていた。

やったー、太巻き。

駅前にあるめちゃくちゃ庶民的なお寿司屋さんなのだけど、ここの太巻きが絶品なのだ。

今回の滞在は予定がいっぱい入っていて、ペンギンと家で夕食を一緒に食べることもほとんどなかった。

だから、太巻きはありがたいサプライズだった。


日本に帰って食べたくなるのは、この太巻きだったり、馴染みのお豆腐屋さんの油揚げだったり、手作りのお弁当だったりする。

お寿司とかお刺身とか、懐石料理とかでは決してない。

ま、日本に帰ったら絶対にこれだけは食べたい！　の筆頭は、鰻だけど。

今、「う・な・ぎ」と単語を打ち込んだだけで、なんだか脳の一部がとろーっとなったくらい、海外にいると鰻が恋しくなる。

鰻はまぁ別としても、太巻きとかお揚げとかお弁当とか、何気ないものの中に幸せがあるんだなー、ということを、改めて感じた。

ペンギンが作ってくれるチャーハンも、そう。

やっぱり、おいしかったなぁ。


そして私はもう、ベルリンにいる。

慌ただしいのには訳があって、明日からまた、語学学校の授業があるのだ。

これからの一ヶ月間は、再び学生となる。

時差の関係で、今朝はものすごく早起きした。

最初に目が覚めたのは午前2時半、それからベッドに戻ったのだけど目がパッチリしてしまい、4時過ぎに起きた。

学校が始まるから、このまま早寝早起きモードでいこう。

今、朝の7時過ぎで、ようやく空がほんのり白っぽくなってきた。

もう、こちらは真冬の寒さ。

あと数時間したら、ゆりねを迎えに行く。

この冬わが家は、東京とベルリンに別れて年越し予定だ。


そうそう、サイン会の時、「毎日新聞の『日曜日ですよ!』読んでます」という方がたくさんいらしてびっくりした。

毎日新聞の日曜版に、毎週書いているエッセイ。

中には毎号欠かさずカラーコピーをとって（得地直美さんの絵がまたいい味を醸し出しているのです）ファイルにまとめてくださっている方もいて、嬉しいやら恥ずかしいやら。

新聞はなかなか読者の方と直接お会いする機会がないので、ありがたい出来事だった。

わざわざサイン会に来てくださった皆さま、本当に本当にありがとうございました！！！

またお会いできるのを、楽しみにしております。


追伸。

二子玉川のサイン会の時に質問があり、その場できちんと思い出せなかったラトビアの十得、こちらになります。

私の言葉で、さらに柔らかく訳してあります。


「ラトビアに伝わる十の心得」

正しい心で、
隣の人と仲良くしながら、
誰かのために、
まじめに楽しく働いて、

分をわきまえ、
清らかに、美しく、
感謝の気持ちを忘れずに、
ほがらかに、すこやかに、
気前よく、
相手の心に寄り添いながら。

（私はこれを、お手洗いの壁に貼っております）

KINDERGARTEN　11月23日

今週からまた、ドイツ語の学校に通っている。

一ヶ月単位で時期を選べるけど、始まったら、月曜から金曜まで、毎日ある。

今回は午後のコースになったので、午後1時15分から始まって、夕方の5時45分まで。

授業が終わる頃にはもう外は真っ暗で、ゆりねに晩ごはんをあげなくちゃいけないから、そそくさと帰ってくる。


今度のクラスメイトは、おじさん、おばさんがたくさんいてホッとする。

歯医者さん、画家、サイコロジスト、先生、映画監督、詩人、と職業もバラバラなら、イスラエル、ニュージーランド、オーストラリア、ロシア、ルーマニア、フランス、スペイン、アメリカ、と出身国も様々だ。

同じ机になった女性は、なんとリトアニア人で、しかも同い歳。

今回の教室には日本人は私だけだけど、その分、韓国人が二人いる。

先生もまた女の先生で、いい感じ。


ただ、やっていることと言えば、相変わらず幼稚園。

前回が幼稚園の年少組だったとすると、今は少し上がって、年中組になった感じだろうか。

本人たちはめちゃくちゃまじめにやっているけど、はたから見たらかなり滑稽であるに違いない。

水筒に飲み物を入れて、おやつを持って毎日通っているから、ほんと、気分は幼稚園生だ。

なかなか楽しい日々である。


ところで、ベルリンの冬を恐れていた私だけど、今のところ、といってもまだ数日しか過ごしていないけど、嫌いじゃない。

というか、むしろ好きかも。

確かに、寒い。めちゃくちゃ、寒い。

でも、寒さは暖房をつけたりすれば、なんとかしのげる。

問題は、暗いことだが、それも、部屋を明るくしたりするなど工夫すれば、少しは過ごしやすくなるような気がした。

そして、私が思うに、冬こそ早寝早起きをすることが大事。

夜が長いからといって、外が明るくなってから起き出すと、本当にあっという間に一日が終わってしまう。

だから、一日のうちで陽が出る時間を、目一杯堪能する。

私は今5時半に一応目覚ましをかけているけれど、時差のせいもあり、それより早く目が覚める。そして、夜があけるのをひたすら待つ。

光を、一秒分も無駄にしないようにと、心がけている。

それから、気分が沈みがちになるから、前もって、お楽しみを用意しておくことも大事。

お茶会をしたり、クリスマスマーケットに出かけたり。

冬こそ、カフェに行ったり、なるべく外に出る用事を作っている。

年があけたら、友人3人で温泉旅行の計画もある。

初めてのヨーロッパ旅行が真冬のパリだったせいか、妙に懐かしさを感じる。

もちろん夏のヨーロッパは過ごしやすくて最高だけど、それは、冬の厳しさがあってこそ、だ。厳しいけれど、美しい。

紅葉も、イルミネーションも、人々の吐く息も、はかなくて、きれい。

きっと、私がこんなふうに受けとめられるのは、山形の冬を知っているからかもしれない。

私にはすでに、暗い冬に対しての免疫が備わっている。


そうそう、寒いので、ゆりねがぴったりくっついて寝てくれるのも、嬉しい。

足元には湯たんぽ、腕にはゆりたんぽで、ぬくぬくしている。

あと、やっぱり冬に欠かせない、靴用カイロ。

これがあるとないとでは、快適さが大違いだ。


きっと、冬には冬の、楽しみがある。

早く、目の前の池が凍らないかなぁ。

真冬の森歩きも、してみたいなぁ。


さてと、明日も元気に幼稚園へ！

クラスメイト2　11月25日

朝から雨。

週末だから、目覚ましをかけなくていいのが嬉しい。

ゆりねの、ハラヘッタ！　に起こされちゃったけど。

当然だが、犬には、平日も週末も関係ない。


今日は、親しくなった語学学校のクラスメイトと待ち合わせして、フィンランドセンターのクリスマスマーケットに行く約束をしていたのだけど、あまりに雨がひどいので、明日行くことにした。

時間ができたので、おやつを作る。

ドイツにいると、ディンケル（古代小麦）が簡単に手に入るのが嬉しい。

今日は、ディンケルを使ってショートブレッドを。

前回、初めて作ったのを友達に試食してもらったら、かなり好評だった。

また少し、配合を変えて作ってみる。


生地を冷蔵庫で寝かせている間、あまからナッツも作った。

今回は、シナモン味にする。

ナッツ類は、学校の休み時間に、ちょこちょこっとつまむのに重宝する。

あと、ペンギンが買って残していったピーナッツも、湿気っていたので、再度フライパンで空炒りした。

久しぶりに、食後に自分でコーヒーを淹《い》れて飲む。


今日約束していたクラスメイトは、ステファニーという。

アメリカから来ているアーティストで、とてもいい作品を作る。

私が休学（?）している間に、ステファニーはもっと先のコースに進んだから、もう一緒のクラスではないけれど、今でも、たまに会って交流を続けている。

私とは真逆のタイプで、ステファニーはいつもクラスの雰囲気を盛り上げようと冗談を言ったり、放課後にパーティーを企画したり。

そして私は、なぜかそういうタイプの人に好かれやすい。

アメリカ、という国になんとなく複雑な思いがあり、アメリカ人に対しても一定の距離をおいてきたけれど、当然ながら、アメリカ人にもいろんな考え方の人がいる。

ということを、私はステファニーを通して学んだ。

そして、アメリカ人のみんながみんな、能天気ではないことも。

週末に聴くのは、たいていピアノのCDで、その演奏をしているのは、日本人のピアニスト。

彼女とも、語学学校で知り合った。

私より一回りも年上なのに、ドイツ語の勉強に励んでいる姿に胸を打たれた。

彼女はもう日本に帰ってしまったけれど、彼女と知り合えたことも、語学学校に通ってよかったと思うことのひとつ。

彼女が演奏するCDを聴くようになってから、ピアノの音が好きになった。

週末の、しかも午前中の光に、彼女の演奏はぴったりで、最近の週末のお楽しみになっている。

そして今のクラスで出会ったのが、ヤナ。

彼女とも、不思議な縁を感じてしまう。

まず、同い歳。

さらに、エストニア出身。

さらにさらに、お互い、もっとも好きな国がラトビアだった。

そのことは、昨日判明した。

なんとヤナは、この10年くらい、毎年夏を1〜2ヶ月間ラトビアで過ごしているそうで、ラトビアについてたくさんのことを知っていた。

ラトビアが大好き！　という人に会うことは滅多にないし、同じヨーロッパに暮らす人でも、ラトビアがどこにあってどんな国か知っている人は数少ない。

語学学校に通っているのは、もちろんドイツ語の習得という目的はあるけれど、それ以外に、日本にいたら知り合えない人と友達になる、というのもある。

その点からすると、今のところ大成功だ。

今日はこれから、日本人の友人のところへ、おむすびを届けに行く。

自宅の一室をサロンにして、そこで勉強会やヨガのクラスを始めるという。

いろんな思いや目的を胸に、自分の生まれた国を離れて、ベルリンを選んで住んでいる人たち。

そういう人と出会えることは、本当に本当に幸せなことだ。

明日はきっと晴れますように！

一昨日は、あまりに美しすぎる朝焼けの空だった。

小川味噌店

12月3日

今週末は、集中して味噌を仕込む。

ベルリンが村だなぁ、と思うのは、この時期になると、周りがいっせいに味噌仕込みを始めること。

買おうと思えば買えるのだが、売り物の味噌には添加物が入っていたりして、自分で作るのが一番安心なのだ。

春になると、自分ちの味噌を交換しあったりするのがまた、楽しい。

私にとっては、ベルリンで初の味噌仕込み。

麴は、近所に麴を作っている方がいるので、そこから分けてもらう。

趣味がこうじて麴屋さんになったそうで、麴の他、醬油や味噌、納豆なども作っている。

お邪魔したら、自宅の一角が実験室のようになっていた。

今回は、生の麦麹と玄米麹をいただく。

圧力鍋があればものの30分もあれば大豆が柔らかくなるのだけど、私は持っていないので、鍋を火にかけコトコト煮込む。

指で簡単に潰せるくらい柔らかくなったら、ブレンダーで一気に攪拌《かくはん》。

以前やった時は、確かすり鉢を使って人力作戦でやったのだった。

その時の記憶があるので、味噌作りは大変、と思っていたけれど、ブレンダーを使えばあっという間にペースト状になる。

乾燥した大豆５００グラムが家庭では作りやすい量だと思うけれど、今回は張り切って、計１キロの大豆を用意したので、５００グラムずつ鍋に入れて、それぞれ、麦麹と玄米麹で仕込んでみる。

それでできた味を較べて、どちらが好みかを判断すればいい。

あらかじめ塩と麹を混ぜておき、それを、人肌に冷めたペースト状の大豆と混ぜるだけ。

時間はかかるけれど、簡単だ。

あとは、ハンバーグ状にまとめ、それを袋に入れて空気が入らないようきっちり密閉し、熟成させれば味噌ができる。

ちょっと味見をしてみたら、熟成させなくても、すでにおいしかった。

豆類が大好きなゆりねが、ぴょんぴょん飛び跳ねてうるさかったけど。

どんな手前味噌になるだろう。楽しみだ。


幼稚園（語学学校）は、ちょうど折り返し地点。

ドイツ語って、すき間が全くない。

日本語には、空気を読んだり、とか、言わなくても通じる部分があるけれど、ドイツ語にはそれが全くない。

きっちり、正確に、誤解が生じないように、言葉を厳密に並べていく。

融通がきかない。

だから、やたらと長くなる。

12月に入り、町は一気にクリスマスムード。

わが家にも、ツリーを飾ってみた。

冬のひかり　12月10日

外を歩く子どもたちが、みんなモコモコに着ぶくれしているのが、すごくかわいい。そして、犬も寒い日は服を着せられている。その姿を見て、ちょっと安心した。さすがに犬も寒いはずだもの。

昨日は、女子会だった。
お茶会しましょ、といつものふたりに声をかけ、午後3時に集合してもらう。このメンバーがいるから、私もベルリンでがんばれる。
用意したのは、甘酒とショートブレッド。

最近、立て続けにショートブレッドを作っている。

毎回、少しずつ材料や分量を変え、そのたびに試食をしてもらっているのだ。

今回は、粉に黄粉《きなこ》を混ぜ、食感のアクセントに、ピーナツを入れてみた。

上にふりかけるのは、ローズマリーと塩。

これまでで、一番上出来だったかもしれない。


まずは甘酒であったまってもらい、外が暗くなる夕方4時を待ち、シャンパンをあける。

この秋、それぞれみんな歳を重ねたので、そのお祝いということで。

シャンパンを飲みながら、ショートブレッドをつまむ。

外はすでに真っ暗。

雪見シャンパンを期待していたのだけど、雪は降らなかった。


面白いなぁ、と思うのは、この時期、みんな、雪が降るのを楽しみにしていること。

けれどまだ、本格的な雪は降っていない。

この時期は雨が多いのだが、雨が降るくらいなら、いっそ雪になってくれたらいい、というのが大方の意見で、私もそれに大賛成だ。

シャンパンを飲んでから、みんなでクリスマスマーケットへ繰り出した。

グリューワイン（甘いホットワイン）を飲みながら、店をひやかす。

途中、焼き栗を買って立ち食いした。

この焼き栗が、すごくおいしい。

栗自体違うのか、それとも焼き方が違うのか、皮が薄くてパリッとしていて、なんともいえずおいしいのだ。

来年はこの栗で栗ご飯を作ってみよう。


ずっと外にいると体が冷えるので、屋根のあるレストランに入って、ピザを食べる。

ドイツ人の融通のきかなさや、サービス過多の日本とサービスがなさすぎるドイツ、どっちがいいかなど、大いに盛り上がった。

昨日は多分マイナス一度くらいの気温だったけど、人がたくさん来ていた。

雨さえ降らなければ、寒いのは大丈夫。

そしてベルリンで越冬を始めて気づいたのだけど、人はだんだん寒さに慣れてくるらしい。

昨夜は、絶好のクリスマスマーケット日和だったかもしれない。

それにしても、あと2週間ちょっとで今年も終わるとは！

早いなぁ。

来年はどんな年になるんだろう。


そして今日は日曜日。

外は寒いらしいけど、空は青空で気持ちいい。

ベルリンの冬は、寒いし暗いし、辛い辛い、とさんざん聞かされていたので、私の中では相当な覚悟ができていたのだろう。

まるで、北極にでも行くようなつもりになっていたのかもしれない。

ものすごい冬を想像していたので、今、もしや大丈夫かも、と楽観視している自分がいる。

だって、冬なのに、こんな青空が見られるなんて、思っていなかったから。

冬のひかりって、すごくきれい。

仕事部屋の窓辺に置いている植木鉢も、今日はなんだか嬉しそうにしている。

冬の青空に万々歳だ。

日曜日なので、これからゆりねを連れて、ティアガルテンへ。
冬の森もまた、清々しくて、すごく好き。
あと3日学校に行くと、授業は終了。
今回のコースが、今までで一番楽しかった。

冬至

12月22日

学校が終わり、日本からお客様をお迎えし、気がつけばもうクリスマス目前。

さっき近所のカフェにカプチーノを飲みに行ったら、「すてきなクリスマスを！」と帰り際に声をかけられた。

町には、今か今かとクリスマスを待ちわびる気配が満ちている。

だいたい、先週末あたりから会社が休みになっている人も多いのか、すでに町は休日モードだ。

ドイツ人って、本当に休暇をたくさんとる。

ドイツでは、25、26日は完全にお店が休みになる上、今年は24日が日曜日なので、3日間、買い物ができなくなるとのこと。

一応、明日は開いているみたいだけど、土曜日でどうなるかわからないし、今日のうちに買い物を済ませておこう。

と多くの人が同じことを考えるのか、結構、大きな買い物袋を提げた人をあちこちで見かけた。

あとは、ベルリンに住んでいる人でも、地方から出てきている人も多いので、帰省するのか、車に大荷物を運んでいる人や、これから駅に行くのかスーツケースを運ぶ人の姿を多く見かける。

クリスマスが終わるまで、ベルリンは人が少なくなって、がらんとするらしい。

なんだか、日本の大晦日みたいな雰囲気だ。


今年は、初めてだったので、クリスマスマーケット巡りを目一杯楽しんだ。

ただ、この時期はお天気が安定せず、雨が降ることも少なくない。

ちゃんと天気予報をチェックしないと雨に降られることもあるので、クリスマスマーケットに行ける日も限られてくる。

食べ物の屋台もたくさんあるので気軽に食べ歩きもできるし、感じとしては、日本の縁日にそっくりだった。

子どもたちには、移動遊園地が待っている。

クリスマスマーケットで、初めて、こっちの焼き栗を食べ、そのおいしさに開眼した私は、焼き栗屋さんを見つけると、素通りできなくなってしまった。

ということで、クリスマスマーケットに出かけるたび、焼き栗を頬張っていた。

もちろん、かたわらには湯気をあげるグリューヴァイン。

そして、同じ焼き栗でも、焼き方によってだいぶ味に違いが生じることがわかった。

おいしい焼き栗は、店主が頻繁に栗を混ぜていて、火の通りが均一になっている。

けれど、店主が怠けていてあまり混ぜないと、一部にだけ火が入りすぎて硬くなってしまう。

たかが焼き栗、されど焼き栗、なのである。

もっともっと寒くなるのを覚悟していたけれど、今のところ最低気温がマイナスになることもほとんどなく、最高気温が7度とか8度だと、今日は暖かい！　と感じるほど。

一瞬だけ雪になることはあっても、まだ本格的な積雪はなく、目の前の公園の池も凍っていない。

年内いっぱい暖冬のようで、ちょっと、拍子抜けしている。


今日は、冬至。

まだまだ本格的な冬はこれからだけど、今日を境に、また少しずつ陽が長くなっていくのを想像するだけで、なんだかホッとする。

今は、午後三時半くらいでもう薄暗くなるから、本当に太陽が恋しい。

あー、ゆず湯に浸かりたい。

さすがにゆずは手に入らなそうだから、今夜は柑橘類のエッセンシャルオイルを湯船に垂らして、なんちゃってゆず湯を楽しもうかな。


どうぞ、楽しいクリスマスを！！！

年の瀬ベルリン　12月29日

今日は、「納め」の日。

お昼過ぎ、ごはんを食べてからゆりねと散歩へ。

あー、そういえば今日は金曜日、マルクトの日だ、と思って、もう暮れだしやっていないかなー、と思いつつも、念のため行ってみたらやっていた。

いつもの店の半分くらいの数しか来ていなかったけど、八百屋さんも、じゃが芋屋さんもサラミ屋さんも魚屋さんも花屋さんも、みんな来ている。

食後のコーヒーがまだだったので、カプチーノを買って、広場のベンチに座って飲む。

あー、幸せ。

今年最後のマルクトに行けてよかった。

その後、私は整体へ。

整体もまた、今年最後だ。

彼女と出会って、劇的に体が楽になった。

ベルリンには、体ケアの仕事をしている日本人が多いけれど、みなさん本当に腕がいい。

今年の疲れは、今年のうちに。

これで、気持ちよく新年が迎えられる。


それから、ＫＤＷ（デパート）へ。

暮れの買い出しで、大賑わいだった。

まるで、東京の有名百貨店のような混み具合。

あっちでもこっちでも、シャンパンやビールを飲みながら、食事を楽しむ人たちがいる。

私は、年末年始の食材をさくっと買って帰ろうと思っていたのだけど、大間違いだった。

どこも行列ができている。

特に、ステーキコーナーは長蛇の列。ドイツ人って、結構よく並んでいる。

ステーキ肉一枚と、鴨と、パスタと、ケーキ。

特に今年は一人だし、これだけあればあとは家にあるもので十分年が越せる。

本当はパンも買いたかったのだけど、パンもまたすごい行列だったので、あきらめた。

そうそう、ケーキは、私が目下、世界一おいしいと思っているキルシュトルテが買えた。

いつもあるわけじゃないから、ラッキー。

でも、キルシュトルテひとつください、と言ったら、これはキルシュトルテじゃないとお店の人に言われた。

ドイツでの正式名称は、シュヴァルツウェルダー（キルシュトルテ）。

黒い森のケーキだという。

実家の近所にあった洋菓子店のこれがおいしくて、よく食べていた。私には、懐かしい味。

残りふたつのうちのひとつをゲットした。

それから一旦帰宅して、牛と鴨に塩胡椒し、ゆりねに晩ごはんを食べさせてから、久々の外食へ。

さすがにずーっと自分で作ったものを食べていたら、飽きて来た。

今日を逃すと、また大晦日、元日と連休になる。

今日は中華を食べに行った。

お店に入ったら、以前も家のそばのケーキ屋さんで会った日本人の女性とバッタリ。

ゆりねは、すっかり彼女に懐いている。

これまた久しぶりのビールを飲み、今年のビール納めをしながら、焼きそばを食べる。

量が多いので、半分は持ち帰って明日のブランチに。

明日、明後日で、家の大掃除をして、新年を待つ。

とここまで書いて、そっか、もう日本は30日なんだな、と気づく。

時差のせいで、ちょっとおかしくなっているけど、仕方がない。

クリスマスがあまりに静かで、しかも4日間くらいお休みだったので、すっかり、新春気分になっていた。

でも、よく考えるとまだ２０１７年。

そういえば今日、ベルリンの伝統的なクリスマスの話を聞いて、へぇ、と思った。

24日はとても質素な食事だそうで、出されたのは、ソーセージとポテトサラダだけだったという。

これだけを、むしゃむしゃ食べるのが、ベルリン式だとか。

どおりで、クリスマス前に、みんな、すごい量のじゃが芋が入った袋をぶら提げて歩いていた訳だ。

やっぱり、食事の基本はじゃが芋なのね。

豪華なご馳走を食べるのは、25日と26日で、その両日は、お昼から家族や親戚が集い、七面鳥の丸焼きを食べたりするらしい。

いつか、本場の家庭のクリスマスも味わってみたい。


今日は、いろんなところで日本人の方とお会いし、そのたびに、「よいお年を」と言い合った。

海外にいるし、おせちは何もしない！　と思っていたけど、さすがに椎茸と結び昆布だけは料理しようと思って、今、水に戻している。

年が明けたらすぐ、母の命日。

一年前はまだ生きていたんだなぁ、と思うとしんみりする。

もしかしたらまた書くかもしれないけれど、ひとまず、よいお年を！

来年もよろしくお願いします。

私の、ナンバーワン、シュヴァルツヴェルダー。
ケーキもまたドイツ仕様で大きいため、半分は明日のために残してある。

本書は文庫オリジナルです。

ぷかぷか天国《てんごく》

小川糸《おがわいと》

令和2年2月10日　初版発行
令和4年4月30日　3版発行

発行人――石原正康
編集人――高部真人
発行所――株式会社幻冬舎
〒151-0051東京都渋谷区千駄ヶ谷4-9-7
電話　03(5411)6222(営業)
　　　03(5411)6211(編集)
振替00120-8-767643
印刷・製本―中央精版印刷株式会社
装丁者――高橋雅之

幻冬舎文庫

ISBN978-4-344-42944-4　C0195　お-34-17

幻冬舎ホームページアドレス　https://www.gentosha.co.jp/
この本に関するご意見・ご感想をメールでお寄せいただく場合は、
comment@gentosha.co.jpまで。